KB131411

바깥 일기

바깥 일기

아니
에르노
지음

Journal du
dehors

Annie
Ernaux

정혜용
옮김

이 책은 실로 꿰매어 제본하는 정통적인 사철 방식으로 만들어졌습니다.
사철 방식으로 제본된 책은 오랫동안 보관해도 손상되지 않습니다.

우리의 **진정한** 자아는 오롯이 우리 안에 있지 않다.

── 장자크 루소

서문

20년 전부터 파리에서 40킬로미터 떨어진 신도시 세르지퐁투아즈에 산다. 그 전에는 늘, 과거와 역사의 흔적이 새겨진 지방의 여러 도시에서 살았다. 고작 몇 년 만에 무(無)에서 솟아났고, 그 어떤 기억도 갖고 있지 않고, 거대한 영토 여기저기에 건축물들이 흩어져 있으며, 경계선이 불명확한 장소로 들어간 것은 충격적인 경험이었다. 바람이 횡횡 지나가는 광장, 전면이 분홍색 혹은 푸른색인 콘크리트 건물, 인적 없는 빌라촌 거리 말고 눈에 보이는 다른 것이라고는 없으니, 이화감(異化感)에 사로잡혔다.[1] No man's land(무인지대)의 하

---

[1] 프랑스어 표현 〈sentiment d'étrangeté(낯섦의 느낌)〉는 그 뿌리를 독일어 〈entfremdung(소외)〉에 두고 있다. 한국어 번역어를 존중한다면 〈소외감〉으로 번역하는 것이 상식적이겠으나, 〈대인 관계에서 겪는 따돌림의

7

늘과 땅 사이에서 떠다니는 듯한 지속적 느낌. 나의 시선은 그 어떤 인간도 비추지 못하고 오로지 고층 건물과 구름만 비추는 사무실 건물들의 유리 벽과 흡사했다.

나는 서서히 그러한 정신 분열 상태에서 빠져나왔다. 국제적 장소인 그곳에서, 그리고 프랑스의 시골이나 베트남, 마그레브 지역, 코트디부아르 — 나처럼 노르망디 — 등 다른 곳에서 삶을 시작했다가 이곳에 들어온 존재들과 어우러져 살아가는 것이 좋아졌다. 나는 건물 발치에서 아이들은 무엇을 하며 노는지, 사람들은 쇼핑몰 레 트루아 퐁텐의 실내 통로를 어떤 모습으로 거닐고 버스 정류장에서는 어떤 모습으로 기다리는지 지켜보았다. RER[2]에서 오가는 말에 주의를 기울였다. 다시 보지 못할 장면, 말, 이름 모를 사람들의 몸짓, 벽에 그리자마자 곧 지워질 그라피티 들을 그대로 기록하고 싶었다. 이렇게든 저렇게든 내 마음속에 어떤 감정, 동요혹은 반발을 촉발하던 그 모든 것을.

이 바깥 일기는 그렇게 태어났고, 나는 이 일기를

감정〉을 의미하는 〈소외감〉으로는 자기 자신과 타자성으로 쪼개지고 분열된 주체의 상태를 담아내기에 적절하지 않다고 판단하여, 새로운 번역어를 제시한다. 이하 〈원주〉라고 표시하지 않은 모든 주는 옮긴이 주이다.

2 수도권 고속 전철.

1992년까지 써나갔다. 르포나 도시 사회학적 조사가 아니라, 집단의 일상을 포착한 수많은 스냅 사진을 통해 한 시대의 현실 — 규정할 수 없다 해도 신도시를 통해 예리하게 느껴지는 그 현대성 — 에 가닿으려는 시도라고 하겠다. 욕망과 욕구 불만, 사회 문화적 불평등이 읽히는 것은 바로, 내 생각엔, 계산대에 서서 자신의 쇼핑 카트에 담긴 내용물을 바라보는 방식에서, 비프스테이크를 주문하거나 그림을 평가하려고 입에 올리는 말들에서다. 고객에게 모욕을 당하는 계산원과 사람들이 피해 가는 구걸하는 노숙인, 사회의 폭력과 수치에서 — 너무 익숙하거나 흔해서, 하찮고 의미가 결여된 듯 보이는 그 모든 것에서. 우리가 세계에 대해 갖는 경험에 위계란 없다. 장소나 사물이 자아내는 느낌과 사유는 그것들의 문화적 가치와 무관하며, 대형 슈퍼마켓 역시 콘서트홀만큼 의미와 인간적 진실을 제공한다.

　내가 장면에 끼어들거나 각 텍스트의 기원에 있는 감정을 드러내는 일은 가능한 한 피했다. 오히려 사진을 찍듯 실재를 기술하는 글쓰기를 실천하려고 애를 썼는데, 그러면 그 안에서 마주친 존재들은 그들의 불투명성과 수수께끼를 간직하지 않을까. (나중에, 나는 폴 스트랜드[3]가 이탈리아의 마을 루차노의 주민들을 찍은 사진들, 강렬하여 거의 고통을 자아내는 존재에 대한 충격적 사진들 — 사람들은 거기에, 그저 거기에 있다 — 을 보면서, 글쓰기의 이상, 접근할 수 없는 이상을 마주하고 있다는 생각을 하게 된다.)

하지만 결국, 그 텍스트 안에 예상보다 훨씬 더 많이 나 자신을 투여했다. 텍스트에 새겨 넣을 말과 장면의 선택을 무의식에서 결정하는 강박과 기억에 의해. 이제, 내면 일기 — 2세기 전에 탄생한 이러한 형식의 글쓰기가 반드시 영원하진 않다 — 를 쓰면서 자아를 성찰하기보다는 외부 세계에 자신을 투영하면서 더욱더 자기 자신을 발견한다는 확신이 선다. 바로 전철이나 대기실에서 스쳐 가는 이름 모를 타인들이 흥미나 분노 혹은 수치로 우리를 **뚫고 지나가며**, 그러한 감정들을 통해 기억을 일깨우고 우리 자신에게 우리를 드러내어 준다.

아니 에르노

1996

---

3 Paul Strand(1890~1976). 사진을 예술의 차원으로 끌어올렸다는 평가를 받는 미국의 진보적 성향의 사진 작가.

1985

RER역 실내 주차장 벽에 적힌 글. **발광**. 여전히 같은 벽에서 조금 더 나아간 지점에는, **사랑해, 엘자**와 **If your children are happy they are comunists** (**당신의 아이들이 행복하다면 그들은 공산주위자이다**).[1]

오늘 저녁, 레 리낭드 단지에서 어떤 여자가 구급대원 둘이 든 들것에 실려 지나갔다. 상체를 받쳐서 거의 앉은 자세였고, 차분했으며, 잿빛 머리카락에 쉰 살에서 예순 살 사이로 보였다. 두 다리와 몸의 절반이 모포로 덮여 있었다. 어떤 어린 여자아이가 또 다른 여자아이에게 말했다. 「시트에 피가 있었어.」하지만 여자를 덮은 시트는 없었다. 그렇게 그 여자는 슈퍼마켓 프랑프리로 장 보러 가는 사람들과 놀고 있는 아이들 복판

---

1 에르노는 그라피티의 오타 〈comunists〉까지 고스란히 기록했다.

을 뚫고, 레 리낭드 단지의 보행자 전용 광장을 가로질러 주차장에 세워 둔 구급차까지 갔다. 5시 반이었고, 날은 화창하고 쌀쌀했다. 광장 가장자리에 서 있는 건물 위쪽에서 어떤 목소리가 소리쳤다. 「라시드! 라시드!」 나는 자동차 트렁크에 장 본 것들을 집어넣었다. 쇼핑 카트를 수거하는 직원이 주차장에서 광장으로 이어지는 통로 벽에 등을 대고 서 있었다. 그 사람은 푸른색 블레이저를 걸쳤고, 늘 입는 회색 바지가 커다란 신발을 덮었다. 시선은 무시무시했다. 그가 내가 놔둔 카트를 거두러 왔을 때 나는 주차장을 거의 빠져나갈 참이었다. 집으로 돌아가는 길로, RER 노선 연장을 위해 파헤쳐 놓은 긴 호를 따라 난 길을 택했다. 신도시의 중심을 향해 내달릴 때 해가 늘어선 철탑의 엇갈린 강철 막대들 사이로 지고 있어서, 해를 향해 올라가는 느낌이 들었다.

생라자르행 열차[2]에서, 통로 쪽 좌석에 앉은 할머니

2 파리를 중심으로 일드프랑스 지역을 오가는 국유 철도망 트랑질리앵 중에서 에르노가 거주하는 세르지 지역과 생라자르역을 오가는 L선이다.

가 서 있는 젊은이 — 아마도 손자일 — 에게 말했다. 「떠난다, 떠난다 하는 걸 보니, 지금 있는 곳이 편치 않은 거니? 구르는 돌에는 이끼가 끼지 않는 법인데.」 젊은이는 주머니에 손을 넣은 채 아무런 대답이 없다. 그러다가 〈돌아다니다 보면 이런저런 사람들을 보게 되죠〉. 할머니가 웃는다. 「여기저기에서 못생긴 놈들과 잘생긴 놈들을 보겠지!」 노인이 말을 그치고 앞을 바라보고 있는 동안에도 그 얼굴에는 강렬한 즐거움이 남아 있다. 젊은이는 웃음 짓지 않고 열차 내벽에 기대어 자기 신발만 응시한다. 그들 맞은편에서는 아름다운 흑인 여자가 할리퀸 문고의 소설 『행복에 드리운 그늘』을 읽고 있다.

토요일 아침, 레 트루아 퐁텐의 슈퍼마켓 쉬페르엠. 어떤 여자가 손에 빗자루를 들고 청소용품 매장 사이로 걸어온다. 그 여자는 비감한 표정으로 혼잣말을 한다. 「다들 어디 갔지? 여럿이서 장을 보는 게 쉽지 않네.」

계산대에 아무 말 없이 서 있는 많은 이들. 어떤 아랍 남자가 계속 카트 속을, 바닥에 너부러져 있는 변변치 않은 물건들을 들여다본다. 욕망하던 것을 곧 소유하게 된다는 만족감인가, 혹은 〈너무 비싸게 가진다〉는 두려움인가, 혹은 둘 다인가. 갈색 외투를 입은 50대 여자가 무빙 벨트 위에 물품들을 내동댕이치더니, 바코드를 찍자 다시 물품들을 거칠게 집어 들어 카트 안에 던져 넣는다. 여자는 계산원이 수표에 금액을 인쇄해 주자 느릿하게 이서한다.

쇼핑몰의 내부 통로에서는, 사람들의 물결이 가까스로 흘러 다닌다. 자신에게서 고작 몇 센티미터 떨어진 그 모든 몸뚱어리에 눈길 한 번 주지 않고도 성공적으로 피해 나간다. 배나 등에 와서 부딪히는 것은 쇼핑 카트와 아이들뿐이다. 「잘 보고 걸어가야지!」 어떤 어머니가 어린 아들에게 소리친다. 붉게 칠한 입술, 붉은색 부츠, 엉덩이에 꽉 끼는 청바지, 풍성한 긴 머리채. 조명과 진열대의 마네킹과 조화를 이루는 여자 몇 명이 활기차게 걸어간다.

그는 아셰르빌에서 탔다. 스물, 아니 스물다섯 살. 다리를 사선으로 길게 뻗어 좌석 두 개를 차지하고 앉았다. 주머니에서 손톱깎이를 꺼내어 사용하는데, 손톱을 한 번 깎고 나면 매번 쫙 편 손을 들어 올려 말끔해진 모습을 감상한다. 주변 승객들은 못 본 척한다. 그는 난생처음 손톱깎이를 소유한 것 같다. 무례하게 행복함. 그 누구도 소홀한 가정 교육이 — 주위 사람들의 표정이 의미하듯이 — 선사한 그의 행복에 대해 어찌하지 못한다.

열차 안에서 어린 여자아이가 어머니에게 책을 읽어 달라고 조르는데, 그 책은 페이지마다 이렇게 시작된다. 「몇 시예요? — 지금은 ……할 시간이에요.」(점심 먹을, 학교 갈, 고양이 밥 줄 등등.) 어머니가 한차례 커다란 목소리로 읽어 준다. 여자아이는 이번에는 자기가 읽을 차례라고 고집을 피운다. 하지만 아직 글을 읽을 줄 모르는 모양이고, 어떤 시간에 어떤 행위가 맞는지 틀리는 것으로 보아, 어머니가 읽어 준(아마도 이미 여러 차례일 텐데) 내용을 외웠을 뿐으로 보인다. 어머니는 아이가 틀리면 고쳐 준다. 여자아이는 신이 나서 목소리가 점점 더 커지며 거듭 말한다. 〈4시예요. 아가와 산책

할 시간이에요──5시예요. 어항의 물을 갈아 줄 시간이
에요〉 등등. 아이는 이렇게 강압적으로 결부되어 준엄
하게 돌아가는 시간과 행위의 원무를 되뇌며 점점 더 가
빠져 오는 쾌감을 느낀다. 아이는 흥분하고, 의자에서
버르적거리고, 성이라도 난 듯 책장을 넘겨 댄다. 「몇 시
예요, 지금은 ……할 시간이에요.」 보통, 아이들에게서
흔한 이러한 반복의 도취는 곧 절정에, 고함과 울음과
따귀에 도달하기 마련이다. 이번 경우 그 여자아이는
어머니에게 달려들면서 말한다. 「엄마를 깨물고 싶어.」

　이번 일요일 아침, 레 리낭드 광장. 프랑프리 옆에서
장사하는 채소 장수가 작은 물뿌리개를 들고 판매대의
채소에 물을 준다. 거북해하는 것이, 마치 그 위에 오줌
이라도 누는 중인 듯하다. 무뚝뚝한 남자로, 푸른색 작
업복을 입고 가느다란 콧수염을 길렀다. 주차장에 들어
서니 쇼핑 카트 수거원이 벽에 기대어 있다. 스물다섯
에서 서른 사이로 보인다. 어떤 남자가 그에게 다가간
다. 「한 대 피울래?」 그는 벽에서 몸을 떼고 손에 두툼한
모직 장갑을 낀 채 담배를 받는다. 그가 남자의 불붙은

담배에 자신의 담배를 갖다 댄다. 날은 맑고 차갑다.

신도시 아래쪽 마을 정육점에 사람들이 줄 서서 차례를 기다렸다. 자기 차례가 되자 여자가 말했다. 「남자 한 명 먹을 비프스테이크 줘요.」 그러고 나자 주인이 물었다. 「더 필요한 거라도?」 「그거면 됐어요.」 그녀가 지갑을 꺼내며 말했다.

메리 디시행 노선[3]에서, 머리에 머플러를 두른 여자가 마치 기차를 타고 있어서 밖으로 들판과 마을 들이 줄지어 지나가는 모습이 보이기라도 한다는 듯, 차창 너머 지하의 어둠을 뚫어져라 응시한다. 갑자기 여자가 옆의 여자에게 말을 건넨다. 「약쟁이 천지네, 그런데 그것들은 악랄하죠, 아시겠지만!」 그녀의 말이 알아듣기 어려워진다. 그저, 〈아시잖아요, 죄수를 몽땅 풀어 준 그 유대인 장관이요〉[4]라는 말만 이해된다.

---

3 포르트 드 라 샤펠역과 메리 디시역을 오가는 파리의 전철 12호선으로, 주요 역으로 콩코르드와 아상블레 나시오날이 있다.

4 정치인, 법학자이자 에세이스트이기도 한 로베르 바댕테르Robert

오래전부터 레 트루아 퐁텐의 백화점 사마리텐에서 남자 목소리가 들려오는데, 묻거나 웃거나 협박하거나 가볍거나 등등의 다양한 어조로 우리에게 상품을 몽땅 사라고 부추긴다. 〈곧 겨울이니 따뜻한 장갑과 목도리가 필요하시죠. 장갑 매장으로 와서 보세요〉 혹은 〈사모님, 완벽한 가정주부의 자질은 상차림 예술에서 드러난다고 생각하셨죠? 식기 매장에서는……〉 등. 젊고 구슬리는 목소리. 오늘, 그 목소리의 주인공은 손에 마이크를 들고 장난감 사이에 자리했다. 적갈색 머리카락에 머리는 반쯤 벗어졌고, 두꺼운 근시 안경에 작은 두 손은 통통하다.

Badinter(1928~)로 추정된다. 법무부 장관과 헌법 재판소 소장을 역임한 그는 일련의 형법 개정을 통해 사형제 폐지와 재소자의 사회 복귀, 유대인 차별 폐지에 힘썼다.

신도시의 역에서 『마리 클레르』를 샀다. 이달의 운세. 〈당신은 근사한 남자를 만날 겁니다.〉 하루에도 여러 차례, 나는 내가 지금 말을 걸고 있는 이 남자가 그 남자일지 궁금했다.

(이런 이야기를 일인칭으로 기술하면서, 〈그녀는 자신이 지금 말을 걸고 있는 이 남자가 그 남자일지 궁금했다〉라고 하면 촉발되지 않을 온갖 종류의 쑥덕거림에 노출된다. 그/그녀, 이 삼인칭 대명사는 늘 타자라서 자신이 원하는 대로 행동할 수 있다. 〈나〉, 이 일인칭 대명사는 나, 그러니까 독자여서, 내가 운세를 읽고 연애를 좇는 경박한 여자애처럼 처신하는 것은 불가능하다 — 혹은 용납되지 않는다. 〈나〉는 독자에게 수치심을 일으킨다.)

1986

생라자르역의 맹인은 거기 있었다. 회전봉을 밀며 전철표를 투입구에 넣을 때부터 그의 목소리가 들려오기 시작한다. 기운차고, 잔뜩 틀린 음정에, 갈라지기 직전인 목소리. 늘 같은 노래만 부르는데, 〈저 산꼭대기에 낡은 오두막이 있었다네〉[5]처럼 학교나 방학 캠프에서 배운 노래거나 에디트 피아프의 〈나는 아무것도 후회하지 않아요〉[6] 같은 노래였다. 그는 맹인이 다 그러듯이 고개를 뒤로 젖히고, 포르트 드 라 샤펠과 메리 디시로 갈라지기 직전 두 통로의 합류 지점에 아주 꼿꼿이 서

---

5 〈낡은 오두막Le Vieux chalet〉 혹은 〈저 산꼭대기에Là-haut sur la montagne〉라고 불리는 노래의 가사.

6 에디트 피아프가 1960년에 발표한 노래 「Non, je ne regrette rien」의 가사.

있다. 한 손에는 흰색 지팡이, 또 다른 손에는 금속제 동냥 그릇, 발치에는 기운 없는 개 한 마리. 종종, 서둘러 지나가는 사람들 가운데 누군가 — 보통은 여자 — 가 그릇에 동전 한 닢을 넣으면 땡그랑 소리가 크게 울린다. 그 즉시 맹인은 노래를 그치고 아무에게나 **고맙습니다, 좋은 하루 보내십시오**라고 소리친다. 그 누구라도 방금 베풂의 행위가 이루어졌음을 모를 수 없다. 완벽한 보시. 흘러간 노래를 들려주는 청결하고 의연한 거지에게 동전 한 닢 내주고, 그 대신 받는 공개적인 감사 표시와, 온종일 운명의 호의를 얻게 되리라는 기대감. 가장 많은 돈을 받는 사람은 아마도 전철의 그 거지이리라. 그는 오늘 갈매기 무늬의 회색 외투를 입고 검은색 목도리를 둘렀다. 그에게 아무것도 주지 않는 사람들이 그러듯이 나도 그를 멀찌감치 돌아서 지나갔다.

마자린가 소재 화랑의 대표가 그림 앞에서 어떤 여성 관람객에게 신중한 목소리로 하는 말. 「엄청난 관능을 지닌 작품이죠.」 여자는 그렇게 검증된 사실에 의해 절망에 빠지기라도 한 듯, 혹은 그렇게 강렬한 감각을 견딜 수 없다는 듯, 깊은 숨을 내쉰다. 이제 두 사람은 나지막하게 이야기한다. 남자가 보다 분명한 어조로, 〈한가운데의 붉은 얼룩을 보세요, 굉장하죠…… 보통 한가운데에 붉은색은 쓰지 않는데……〉. 그림은 균열이 간 황토색 표면으로 되어 있는데, 아마도 태양에 노출된 바위들을 나타내는 게 아닐까. 카탈로그에 인쇄된 제목. 〈아르데슈,[7] 붉은 얼룩.〉 내 눈엔 황량해 보이는 그 풍경에 나의 감각이 알고 있는 관능을 결부하려 해본다. 그러한 일에는 이성 혹은 감성이 작용하는 법인데, 나는 그 일을 해내지 못한다. 내게는 전문 영역에 대한 초보적 지식이 부족한 것 같달까. 하지만 지식이 관건이 아닌 것이 — 가만히 생각해 보면 — 〈엄청난 관능〉 대신에 〈엄청난 신선함!〉 혹은 〈엄청난 난폭성!〉이라고 말했다 해도, 그림과 평가 사이의 관련성 부재는 달라지지 않았을 테니까. 오로지 코드 습득에 달린 문제이다. 그곳의 그림들은 모두 옛 프랑으로 가격이 2백만에서 250만 사이였다.

7 프랑스 남부 론알프 지역의 주로, 마시프 상트랄의 세벤산맥 끝에 있는 산악 지방이다.

샤를 드골 에투알역, 조명 빛과 축축함. 여자들이 에
스컬레이터 발치에서 장신구를 샀다. 통로에 분필로 테
두리를 그린 자리가 있고, 바닥에 〈먹을 게 없습니다.
저는 가족이 없어요〉라고 쓰여 있었다. 하지만 그렇게
표시해 놓은 남자 혹은 여자는 떠나고 없었고, 분필로
그어 놓은 원 안은 비어 있었다. 사람들은 그 안을 밟지
않으려고 피해 걸었다.

이제 필리핀에는 〈마르코스 박물관〉이 있다(어제 자
『르 몽드』). 사람들에게 옛 독재자와 그 아내가 살던 궁
을 보여 준다. 공식적인 이유는 그러한 부와 사치 앞에
서 분노를 촉발하는 데 있지만 현실에서 우세한 것은
향유이다. 자신들에게 없는 그 모든 것을 보고, 그것에
대해 웃고, 말과 시선으로 그것을 자기 것으로 만들 권
리를 갖기. 그리하여 〈박물관〉을 찾는 남녀 관람객들의
관심은 우선 거의 전적으로 마르코스의 아내 이멜다의
속옷으로 쏠린다. 그 나라의 혁명이 가닿은 곳이 여자

의, 그것도 증오의 대상인 여자의 성을 보여 주는 표지들이다. 5백 점의 브래지어, 팬티, 가터벨트. 사람들이 그 앞을 줄지어 지나가며 만져 보고, 여자들은 그것들을 입어 보기를 꿈꾼다면 남자들은 거기에 대고 수음하기를 꿈꾼다.

토요일, 쉬페르엠. 계산원은 나이가 지긋하고 — 스물다섯이 안 된 다른 계산원들에 비해서 — 느리다. 공들여 꾸민 단순한 옷차림에 가는 테 안경을 쓴 40대 여자가 정정을 요구한다. 계산서가 잘못됐단다. 오로지 매장 관리자만 금전 출납기를 통해 오류를 기재하고 수정할 수 있을 테니까, 관리자를 호출해야만 한다. 이제 됐다. 관리자는 다른 곳으로 간다. 계산원은 다른 고객의 응대로 넘어간다. 안경 쓴 그 자그마한 여자는 계속 그 자리에서 계산서를 재확인하다가 또다시 계산원을 부른다. 「아직도 안 맞는 게 있네요.」 다른 고객의 계산을 처리하던 계산원은 그 일을 중단한다. 자그마한 여자가 계산원에게 계산서를 들이밀며 새로이 설명함. 계산원은 계산서를 집어 들어 들여다보지만 이해하지 못한다. 그녀가 다시 관리자를 부른다. 그 자그마한 여자가 카트에 들어 있던 물품들을 전부 다 꺼내 놓고, 관리자는 하나씩 다시 찍고, 그러는 동안 계산원은 중단했던 계산을 다시 해나간다. 물품을 죄다 꺼내어 다시 찍는 작업이 끝나자, 관리자는 몸을 돌려 계산원의 눈 아래 바짝 계산서를 들이민다. 「고객님의 계산서에 57프랑이 찍혀 있어요. 어떤 상품도 57프랑짜리가 없는데. 그런데 17프랑짜리 네 개들이 트랜지스터용 건전지 가격은 여기 찍혀 있지 않군요.」계산원은 아무 말이 없다. 관리자가 다시 말을 이어 간다. 「알겠죠, 계산이 틀렸잖아요, 50프랑이나.」계산원은 관리자를 바라보지 않는다. 그녀는 머리가 잿빛이고 키가 크고 살이 없으며, 금전 출납기에서 떠난 두 손을 축 늘어뜨리고 있다. 관리자가 쐐기를 박는다. 「어쨌든 분명하죠!」줄 서 있던 고객 전부에게 들린다. 조금 떨어진 지점에서, 그 자그마한 여자가 말끔하게 손질된 머리 아래 무표정한 얼굴을 내보이며, 되돌려 받아야 할 돈을 기다린다. 그녀는 쉬페르엠의 막강한 힘에 맞서 자신의 권리를 확신하는 소비자로서 꼿꼿하게 서 있다. 한마디 말도 없이 다시 금전 출납기를 두드리는 나이 든 계산원은 고객의 이익에도 회사의 이익에도 치우치지 않게, 실수를 저질러서는 절대로 안 되는 하나의 손일 뿐이다.

　문화 센터에 자리한 음악원에서 피아노 오디션이 있었다. 아이들이 차례로 무대에 올라 의자의 높이를 조절하고 손의 위치를 확인한 뒤, 곡 연주에 들어갔다. 객석 의자에 앉아 있는 부모들은 초조해하고 표정이 굳어 있다. 어린 여자아이가 기다란 흰색 드레스와 흰색 구두에 머리에는 커다란 리본을 맨 차림으로 연주하러 나왔다. 그 아이는 오디션이 끝나자 교수에게 꽃다발을 가져다줬다. 이전 시대의 살롱에서 행해지던 몸짓과 의식에 따라 신도시 한복판에서 펼쳐진 예스러운 꿈 같았다. 하지만 부모들끼리 대화를 나누지 않았고, 가족은 제각각 자신의 아이가 최고이기를, 그날 저녁에는 그들 자신이 연기했을 뿐인 엘리트에 어느 날엔가는 자신의 아이가 속하게 되리라는 희망을 아이가 정당화해 주기를 열망했다.

주택 단지에는 깨끗하고 분홍색이거나 크림색이며 녹색인 덧창(어린 여자아이가 1층의 덧창을 열자 그 사이로 보이는 식물과 등나무 의자 들이 내 눈에 들어온다)이 달린 집들이 들어서 있고, 그 단지들이 끝나 가는 지점에서 가장자리에 잔디가 자라는 길에 의해 그렇게 도시화된 지역과는 분리된 공터가 시작되는데, 공터에는 작은 숲과 버려진 집 몇 채와 군데군데 물웅덩이가 팬 숲길이 있다. 덤불 속이나 숲길 가장자리 등, 사방에 버려진 물건들이 있다. 네덜란드 사블레 스프리츠 포장지, 깨진 코카콜라병, 맥주 포장재, 지역의 무가지 『가제트텔렉스』, 쇠관, 납작하게 눌러놓은 플라스틱병들, 사막 장미석처럼 표면이 울룩불룩 튀어나온 — 어쩌면 젖은 마분지 상자일까 — 백색 물질. 그러니까 이 황량한 장소에 계속 발길이 이어진다는 소리인데, 시간대를 특정할 수는 없지만 아마도 밤중이기 쉬우리라. 사람이 있었다는 축적된 표시들, 잇따른 고독의 표시들. 사방에 널린 음식 먹은 흔적들. 하지만 이곳에는 먹을 목적으로가 아니라 혼자 있으려고 오거나 둘 또는 작은 무리를 지어서 온다. 이 야생의 장소에 상자와 포장지를 버리는 것이 자연스럽다면, 자신의 흔적을 거둬 가는 것은 문명화된 초자아의 몸짓이다.

그곳에 온갖 물건들을 내버린 사람들에 의해서도, 동시에 악천후에 의해서도 깨지고 구겨지고 납작해진 그 모든 물건의 변모. 두 종류의 마멸이 합해져.

우리는 쇼핑몰의 현금 자동 인출기 앞에 줄 서 있다. 가림막 없는 고해 성사소. 지급기 화면이 뜨면, 모두에게 적용되는 동일한 동작. 기다리고, 고개를 살짝 숙이고, 번호판을 누르고, 기다리고, 돈을 챙기고, 집어넣고, 주위 사람들의 시선을 피하면서 떠나가기.

화면에 뜬 문구. 〈귀하의 카드를 판독할 수 없습니다.〉 나는 무슨 말인지 이해하지 못한 채, 나도 모르게 질책받을 행위를 저질러 고발당한 것처럼 어안이 벙벙해서 가만히 있다. 왜 내 신용 카드가, 바로 내 카드가 판독이 되지 않는지 나는 모른다. 기계가 하라는 대로 다시 동작을 되풀이해 본다. 또다시 〈귀하의 카드를 판독할 수 없습니다〉. 〈판독할 수 없는〉이라는 말이 주는 공포. 판독이 되지 않는 가짜가 나인 셈이다. 나는 돈을 찾지 못하고 카드만 챙겨서 장소를 뜬다. 사람들이 욕설을 퍼부으며 현금 인출기를 부수는 심정을 알겠다.

마르쿠빌 단지의 고층 건물들 근처 고속 도로에, 아스팔트에 새긴 듯 깔려 죽은 고양이.

승강기에서 나와 지하 주차장 3층으로 들어서니 웅웅대는 환풍기 굉음. 강간을 당해서 비명을 지른들 들릴까.

창문을 낸 곳마다 불빛으로 환한 검은색 3M 미네소타 건물 앞을 차로 지날 때 떠오른 기억. 신도시에서 살기 시작했을 무렵 나는 늘 길을 잃었고, 기겁하여 중간에 멈추지도 못하고 계속 차로 달렸다. 쇼핑몰에서는 내가 A, B, C, D 중 어느 입구로 들어왔는지를 기억해 뒀다가 나갈 때 그 출구를 다시 찾아내려고 애를 썼다. 또한 주차장의 어느 열에 차를 세워 뒀는지를 잊지 않으려고 기를 썼다. 차를 찾지 못한 채 콘크리트 평판 아래서, 저녁이 될 때까지 헤맬까 봐 두려웠다. 많은 어린이가 대형 슈퍼마켓에서 길을 잃곤 했다.

오직 씹, 그리고 벽의 조금 더 어두침침한 구석에 붉은 글씨로, **열등 인간은 없다.**

매주 우체통에 꽂히는 전단지들. 〈**솔로드람 교수. 이 위대한 마라부**가 마침내 우리에게로 왔습니다. 그가 나서서 당신의 모든 문제를 해결해 줍니다. 연애, 애정 회복, 부부간 정절, 탈주술 의식, 선발 시험, 스포츠 시합과 우승, 당신이 사랑하는 사람의 지체 없는 가정 복귀. 행복해지고 싶다면 망설이지 말고 저와 상담하십시오. 성실하고 효과적인 작업. 결과 보장. 클리시 대로 131번지 3호. 3층 오른쪽 문.〉(박스 안에 잘생긴 아프리카 남자 사진.) 단 몇 줄로 묘사된 사회의 욕망, 삼인칭에서 일인칭으로 옮겨 가는 서술, 시적이며 극적인 이름[8]에 학자인지 주술사인지 모를 모호한 정체성을 가진 인물, 심리적 차원과 기술 영업적 차원, 두 가지 어조에 걸친 글쓰기. 허구의 전형.

  샤틀레 레 알과 뤽상부르 사이, RER. 어떤 대학생이 다시 읽어 보던 중인 과제에서 눈에 띈 문장. 〈진실은 현실과 결부되어 있다.〉

  가족들, 젊은이들이 서로 다붙은 채로 열을 지어, 미지근한 온도와 조명 빛에 잠겨 쇼핑몰의 통로를 느릿하게 돌아다닌다. 성탄절과 새해 사이에 일하는 사람은 거의 없고, 사람들은 오후면 이곳으로 온다. 겨울철 세일이 시작되었다. 커피를 사러 왔을 뿐인데도, 몇 분 지나니 생겨나는 외투와 블라우스와 가방을 향한 욕망, 다시 말해, 차례로 수많은 외투와 블라우스를 입은 내

8 Solo+Drame(솔로+드라마). 모노드라마를 연상케 하는 이름이다.

모습을 그려 봤다. 예를 들자면, 이미 검은색 하프 코트를 소유하고 있는데도(하지만 똑같지 않고, 절대 똑같지 않고, 욕심나는 모델과 자신이 가진 모델 사이에는 깃, 길이, 천 등 늘 무한한 차이가 존재함) 검은색 외투를 또 갖고 싶은 욕망. 옷가지마다 가리지 않고 소유하고 싶어 하는, 가장 중요하고 시급한 것이 외투나 가방을 사는 것인 야릇한 상태. 밖에 나오면 나의 욕망은 확 가라앉는다.

고급 식료품점 에디아르에서, 연말연시 기간에 임시 고용된 매장 직원이 자신이 방금 포장한 선물 상자를 다시 풀었다. 꿀과 잼 여덟 병을 제대로 챙겨 넣지 못했을까 봐 걱정이 되어서였다. 판매원은 한 손으로 상자를 잡고 다른 한 손에 에디아르 문양을 새겨 넣은 롤 타입 라벨 스티커를 들고 입으로 스티커를 하나씩 떼어 가면서 다시 포장했다. 어떤 여자가 도도한 표정으로 들어왔다. 〈이거〉, 〈이거〉, 그 여자는 냉장 칸에 든 아이스크림을 손가락으로 가리키며 성탄 전야에 쓸 원하는 종류를 말하고는, 사실상 아무도 안 보인다는 듯 그 누구에게도 눈길 한 번 제대로 주지 않고 손님들을 휘리릭 훑었다. 그러더니 푸아그라를 주문했고, 오늘 푸알란 빵[9]이 필요하다고 말했다.

헤어 살롱 제라르 생카를. 머리를 해주는 남자들 가운데 누가 제라르 생카를일지 오랫동안 찾았다. 외곽 지역 부랑아 느낌에, 아직은 외모가 봐줄 만한 가장 나이 든 남자라고 생각했다. 나중에, 벽에 붙은 여러 장의 남자 사진들이 눈에 띄었고, 그 남자들과 와이드 슬랙스를 입고 크루 커트를 한 채 머리를 손질해 주는 젊은 이들이 닮은 듯 보였더랬다. 최근에, 제라르 생카를이 유니섹스 헤어 전문 체인점 이름이고, 따라서 아마도 그런 이름으로 불리는 사람이 없을 수도 있음을 깨달았다. 속았다는 느낌.

여성 헤어 디자이너들은 모두 파티용 머리, 진한 화장, 무겁고 번쩍이는 귀걸이, 붉은색 머리, 파란색 브리

9 대를 이어 운영되는 유명 빵집 푸알란의 대표 상품으로, 시골풍의 커다랗고 둥근 빵. 빵 표면에 푸알란을 의미하는 P 자가 새겨져 있다.

34

지라는 공통점을 갖는다. 그 여성들은 자신들의 기능과 목표를 나타낸다. 모두의 머리를 구불구불하게, 소용돌이 모양으로, 흑옥이나 태양의 광채가 나게 바꾸기, 하루짜리 눈부심(이튿날이 되면 벌써 더는 그 모습이 아니다). 하나같이 최첨단 유행이라 헤어 살롱 바깥이라면 괴상해 보일 옷차림의 남녀 디자이너들은 색채가 화려하고 연극적인 세계에 속한다. 주인, 즉 여전히 쓸 만한 외모의 그 가짜 제라르 생카를은 6개월 전에는 옆으로 길게 구릿빛 복부가 드러나도록 가죽 바지와 가죽 윗도리를 카우보이 스타일로 입었다. 최근에는 위아래를 온통 흰색으로, 벌어진 틈새로 길게 살갗이 드러나도록 무용수처럼 셔츠를 허리춤까지 벌려 입었다. 지금은 「아라비아의 로런스」 쪽으로 가서, 발목을 조인 스타일의 풍성한 검은색 플리츠 바지, 흰색 셔츠, 그리고 목에 몇 번 두른 스카프, 수염, 긴 머리 차림이다. 거의 비슷한 연배로 보이며 아내로 추정되는 여자의 변신은 그와는 대칭적으로 이루어져서, 점점 폭이 좁아지는 바지, 점점 더 커지는 귀걸이, 인조 속눈썹으로 나아가고, 그 방향은 늘 한결같이 고도화된 인위성을 향한다. 남자가 튀르키예풍 바지를 입으면서 여자보다 훌쩍 앞서 나간다.

성탄절 전에 제모, 화장 담당으로 고용되었던 미용 관리사 — 이 고객에서 저 고객으로 옮겨 다니며 자신이 제공하는 관리와 비용을 제시하는, 아주 멋쟁이 아가씨 느낌의 — 가 오늘, 염색약이 먹기를 기다리는 여자들에게 플라스틱 잔에 따른 커피를 가져다줬다. 나중에 그 여자는 떨어진 머리카락을 쓸었고 계산도 했다. 그 누구도 관리받기를 원하지 않았다.

「……(들리지 않는다)에 갈 시간이 있다고 생각하나 봐.」
「뭐라고?」
「귀가 안 들리네, 이제!」
「천만에, 아니야.」
파리행 열차에서, 열여덟쯤 되어 보이는 키 크고 뚱뚱한 사내애가 아마도 어머니일 여자와 마주 보고 앉아 있다. 거대한 입술, 작은 눈.

「…….」

「응?」

「거봐, 귀가 이제 안 들린다니까!」

여자가 무슨 말인지 들으려고 몸을 수그린다. 사내애
는 기뻐 어쩔 줄 모른다. 「귀가 안 들린다니까!」 남자애
는 방수 외투에 덮인 두툼한 허벅지를 쩍 벌린 자세이
고, 얼굴에는 교사의 미소가 감돎.

오후가 한창이라 인적이 드문 전철역 통로에, 어떤
남자가 고개를 떨구고 벽에 등을 대고 있었다. 그는 구
걸하지 않았다. 그에게 가까워져서야, 바지 앞섶을 열
어 놓고 불알을 내보인다는 사실을 알아차렸다. 봐주기
힘든 행위, 존엄의 애통한 형식. 즉, 자신이 남자임을 드
러내기. 지나가며 여자들이 고개를 돌린다. 그에게 적
선을 베풀 수는 없고, 오로지 아무것도 못 본 척하면서
열차가 들어올 때까지 그 광경을 속에 간직했다. 그것
은 전부를, 모피를 두른 여자들의 허세와 시장 정복자
들의 단호한 발걸음과 노래하고 구걸하며 동전 한 닢

받는 거지의 순종을 망치는 행위이다.

왜 나는 이 장면을 이 글에 나온 다른 장면들과 마찬가지로 이야기하고 묘사할까. 내가 기를 쓰고 현실에서 추구하는 것은 무엇인가? 의미? 오로지 감각에 매몰되지 않으려는, 그러니까 감각을 〈자신보다 위에 놓지 않으려는〉 (학습된) 지적 습관에 따라서 종종 그러긴 하지만, 늘 그러는 것은 아니다. 혹은, 내가 맞닥뜨리는 사람들의 동작, 태도, 말의 기록은 내게 그들과 가까워진다는 환상을 품게 한다. 나는 그들에게 말을 건네지 않고, 나는 그저 그들을 바라보고 그들의 말에 귀 기울인다. 하지만 그들이 내게 남기는 감정은 실재하는 그 무엇이다. 어쩌면 나는 그들을 통해, 그들의 행동 방식과 그들의 대화를 통해, 나에 대한 무언가를 추구하는지도 모른다. (종종 〈왜 내가〉 전철에서 맞은편에 앉아 있는 〈저 여자가 아닌 걸까?〉 등등.)

포르루아얄역은 보수 중. 역사 유리문이 쇠창살 울타리 안에 갇혀 있다. 여전히 플랫폼에서는 차가운 부르주아 느낌의 **보부아르 호텔**이 전면에 햇살을 받고 있는 모습이 보인다.

코생 병원의 정형외과 일반 진료의 경우, 좁다란 벤치와 옷걸이가 비치된 1미터 곱하기 1.5미터 크기의 상자형 공간 안으로 들어가야 한다. 곧바로 진료실로 통하는 그 공간 안쪽 문에는 유의 사항이 적힌 종이가 붙어 있다. 거기에는 진찰받고 싶은 신체 부위에 따라서 어떻게 옷을 벗어야 하는지 나와 있다. 어깨를 보려면 상의, 허리는 하의. 구두, 팬티는 놔둬도 되는지, 정말로 다 벗어야 하는지 알 수 없다. A, B, C라는 세 개의 상자형 공간이 있는데, 대기실과 진료실 사이에 자리한 일종의 중간 지대이다. 그중 하나에서 남녀 한 쌍이 다 들리게 속삭인다. 남자가 불평 섞인 목소리로 무엇을 벗어야 하는지 묻고, 여자가 의견을 내놓는다. 외과 의사가 방금 진료실로 나오게 한 환자와 나누는 이야기도 역시 또렷하게 들리는데, 그 중간 지대는 곧장 다른 환자로 채워진다. 「몸무게가 얼마나 나가시죠?」 「86이요.」 침묵. 그 외과의는 생각에 잠기거나 혹은 환자의 팔다리를 움직여 본다. 그러고는 과학적 용어를 사용하여 증세를 설명하는데, 레지던트들과, 들려오는 소리로 보아 타자를 치고 있는 비서를 향한 말인 듯하다. 진찰이 끝난 것이 명백해지자, 불안감이 느껴지기 시작한다. 이 네모난 공간의 문이 곧 열릴 테고, 나는 네댓 명 앞에 팬티 바람으로 노출될 터이다. 과감히 문을 열고 나가 조명이 환한 진료실로 나서기 전에, 누군가가 닭장 문을 열면 우선 구석에 웅크리고 있는 닭들처럼, 멈칫.

저녁에 생라자르역 플랫폼에서 사람들이 출발하는 열차의 창문을 밝힌 불빛들을, 그러고는 마지막 차량 꽁무니의 붉은빛 점들이 멀어져 가는 모습을 바라본다. 저 안쪽에서부터 다른 열차들이 들어오고 있고, 꼼짝 않고 다붙어 선 사람들은 그 열차들이 어느 플랫폼으로 향할지, 혹시 자신이 기다리는 그 열차일지 궁금해한다. 새들이 유리 천장을 향해 날아오른다.

레 리낭드 단지의 쇼핑 카트 수거원은 더는 거기 없다. 이제는 동전 자물쇠가 달린 카트들이 있다.

슈퍼마켓의 서로 이웃한 계산대에서, 두 젊은 여자가 상품들을 찍으며 고객에게는 신경 쓰지 않고 웃고 떠든다. 둘은 미심쩍은 남자들과 사귀는 동료를 언급하는 것 같다. 「내가 그런 물건을 집에 들이는 걸 아빠가 보면!」 상대편은 한술 더 뜬다. 「그런데 최악은 걔가 창피해하지도 않는다는 거지!」

공화국의 대통령이 일요일에 텔레비전에 나와 말했다. 그는 여러 번 〈대다수 소시민〉(은 이렇게 생각하고, 저렇게 고통받고 등등)이라고, 마치 그가 그런 식으로 규정하는 그 사람들이 그의 말을 듣지 못하고 그를 보지 못하기라도 한다는 듯 말했다. 특정 부류의 시민을 향해 그들은 열등하다고 넌지시 암시하는 것은 정도를 넘어선 일이고, 그들이 그런 식의 취급을 받아들일 거라고 에둘러 말하는 것은 더더욱 정도를 넘어선다. 그 말은 또한 대통령 본인은 〈대시민〉에 속한다는 의미였다.

아니아 프랑코스[10]는 암에 걸렸다. 그녀는 『다른 일기』[11]에서 〈예고된 죽음의 연대기〉라고 적는다. 현재 작가는 항암 센터에 머물고 있는데, 뇌에 전이된 종양을 제거하기 위해 그곳에 도착한 지 얼마 안 되었다. 그녀가 이야기한다. 〈내가 어른이 될 때까지 살아 있을 거지〉라고 자신에게 물었던 어린 아들에 대해 말한다. 이런 것을 **읽기**는 가능하지 않으며, 우리의 모든 사고는 보통 삶과의 관계 속에 놓인다. 아니아 프랑코스에게는 모든 것이 죽음과의 관계 속에 놓여 있다. RER 안에서 나는 그녀의 말을, 그녀의 고통을 읽고 있고, 그녀는 살아 있다. 몇 달, 몇 년 뒤에 그녀는 죽으리라. 그런 생각 없이 읽기는 가능하지 않다. 아니아 프랑코스의 상황이 떠올라 『다른 일기』에 실린 나머지 글 전부도 읽기가 불가능해진다.

10 Ania Francos(1938~1988). 유명 특파원이자 참여적 성향의 소설가로, 유방암으로 사망했다.

11 *L'Autre journal*.

토요일, 우아즈강 근처, 신도시 안쪽의 동네 정육점. 주인과 그의 아내, 그리고 오십 줄에 들어선 남자와 젊은이로 구성된 두 명의 직원이 상점 안을 가득 메운(들어가기 어려움) 수많은 고객을 응대한다. 주로 여자들이고 장바구니를 든 부부도 몇 쌍 보인다. 대개는 주인이 이름을 알고 있고, 주인과 그의 아내는 손님을 응대하면서도 자신들이 아는 누군가 다른 손님의 존재를 알아차리면 〈안녕하세요, X 부인〉이라고 인사까지 건넨다. 우연히 들른 — 혹은 아직 충분히 친숙하지 않은 — 고객들인 경우, 부부는 조심스럽게 거리를 두고, 고기의 부위와 양에 관해서만 이야기를 주고받는다. 단골들인 경우, 전개되는 장면은 그와 다르다. 선택의 느긋함. 단골손님은 냉장 칸에 진열된 고깃덩어리들을 눈으로 훑으며 〈등심 좋은 걸로 두툼하게 한 조각 줘요〉, 의견을 구하며 〈저 정도면 2인분 되려나?〉. 여자들이 느릿

느릿, 거의 꿈꾸는 듯한 목소리로 하는 말, 〈얇게 썬 송아지고기 두 장 줘요〉 — 만족스럽게 낭송되며, 〈돼지고기 등심 한 덩이, 스튜 할 거예요〉 같은 세부 묘사가 가미된 가정생활 찬가. 교환의 완벽성. 정육점 주인은 자신의 이름이 새겨진 종이에 싼 고기 꾸러미들을 차곡차곡 쌓아 나가며 자기 상품의 우수한 품질에 대한 명백한 찬사와 들어오는 돈에 만족한다 — 고객은 자신이 무엇을 소비하는지 열거하고 내보임으로써 자신의 사회적 위치와 식구를 제대로 먹이는 유능한 주부의 기능을 표출하는 데 만족한다. 부부 고객의 경우, 거의 늘 중년이고, 그들에게는 일주일 치 고기를 쟁여 두면서 〈잘산다〉는 것을, 혹은 후하게 손님을 대접할 줄 안다는 것을 보여 주며 느끼는 만족감이 있다. 정육점 주인과 손님 사이의 상호적 인정은 어조의 쾌활함, 농담을 통해 드러난다. 여기에서는, 피가 뚝뚝 듣는 고기로 만드는 잔치 음식, 가족, 식탁에 둘러앉아 일요일마다 되풀이하는 행복, 이런 것들에 신성을 부여하는 의례가 말로다 할 수 없을 정도로 작동한다. 이곳에서 젊은이들은, 고작 장봉 두 장 혹은 간 고기를 주문하며 고기찜을 준비할 시간도 지식도 없거나 그럴 욕망이 없는 홀로 사는 사람들은 불편함을 느낀다. 주인의 〈이거에다가 또 더 필요한 건요?〉라는 질문에 〈그게 다예요〉라고 대답 하면서, 사회적이며 상업적인 어떠한 질서를 더럽힌다 는 의식. 그들은 슈퍼마켓으로 가는 편을 선호한다.

포르트 도를레앙과 포르트 드 클리냥쿠르를 잇는 노 선에서, 좌석 손잡이를 손으로 잡고 옆모습을 보이며 서 있는 젊은 여자. 맹렬한 속도로 잠시도 쉬지 않고 입 을 상하로 움직여 껌을 씹는다. 그녀를 보면서 남자가 머릿속으로 그려 볼 수 있는 장면이라고는 그녀가 자신 의 자지와 불알을 끊어 내는 모습뿐이다.

파리-세르지 노선의 열차. 낭테르에서 탄 키가 큰 남 자가 자리에 앉더니 무릎에 두 손을 모은다. 그러더니 두 손이 발작적으로 움직이기 시작하는데, 맞대고 비벼 댄다. 검지가 떨어져 나와 허공에서 까닥거리다가 다시 다른 손가락들 옆으로 돌아간다. 산성 물질에 닿아 그렇게 된 듯, 살갗이 온통 균일하게 허옇게 일어난 손이다. 아프리카인인 그 남자는 절대적 부동의 자세로 있고, 오로지 그의 두 손만 낙지처럼 꿈틀꿈틀 지칠 줄 모른다. 지성인이라는 것, 그것은 또한 노동으로 성이 나거나 망가진 두 손을 떼어 내버리고 싶은 욕구를 겪어본 적이 결코 없음, 이것이기도 하다.

  3월 7일 자 『르 몽드』. 어린 여자아이를 의자에 앉힌다. 여자들이 붙잡고 있는데, 한 명은 상체를 옥죄고, 다른 한 명은 아이의 팔을 뒤로 돌려 붙잡고, 세 번째 여자는 아이의 다리를 벌린다. 여성 할례사가 칼 혹은 유리 조각으로 음핵을 자른다. 소음순도 자른다. 어린아이는 울부짖고, 여자들이 도망가지 못하게 붙든다. 온통 피다. 음핵을 제거당한 여성이라는 자신들의 존재가 계승되어 행복한, 여성 할례사들. 주의 깊게 하복부 한가운데를 굽어보며, 입문 제의의 고통이 낳은 그 울부짖음 속에서 성적 쾌락의 외침 전부를 미리 도려내는 요정들.
  기사에 따르면 이제는 더 이상 여성 할례를 시행하지

않기 시작했단다. 그러니까 그저 그런 척 흉내만 낸다. 현실에서 상징화로 옮겨 가면 해방이 온다.

　세르지-파리 노선 열차. 마주 앉은 여자 둘이 통신 판매 선전 책자를 뒤적인다. 젊은 쪽이 심각하게 이야기를 꺼낸다. 「어머니가 사는 건물에 사건이 하나 생겼는데, 영 그 일에서 회복이 안 되시나 봐.」 상대방이 흥미롭게 바라본다. 그러자 화자가 이야기를 이어 간다. 그 여자는 우리(서 있는 수많은 승객, 몇몇은 이야기에 귀 기울이기 시작한다) 앞에서 등장인물과 장소와 사건을 갖춘 이야기를 구축하는데, 다리에 종양이 있는 노파가 등장인물이고, 화자 어머니가 사는 건물이 장소이고, 돌발적 사건들은 기척 없는 노파, 문 뒤에서 들려야 할 소리의 부재, 신음 소리, 관리인을 불러 문을 열게 하려는 어머니의 개입, 관리인의 거부, 그 뒤 경찰에 신고로 이루어진다. 이야기의 행위자들은 〈좋은 사람〉(어머니)과 〈나쁜 사람〉(관리인)으로 분류된다. 어조와 전개에서 치명적 결과를 예견할 수 있고, 젊은 여자는 〈문을 부술 수가 없었어, 옛날 건물이라 육중하거든〉 같은 의미심장한 부대사건들, 끔찍한 현재로 이어지는 〈그저께〉, 〈어제〉 같은 시간적 지표들을 풍부하게 집어넣는다. 그러다가 이야기를 멈추고, 〈그런데 말이야〉로 놀라움을 가장하며 〈좋아〉로 이야기를 재개, 소소한 혀 놀림, 손동작. 눈을 내리뜨고 있다가 이야기의 첫 번째 청자, 즉 맞은편에 앉아 있는 젊은 여인(하지만 이제는 가짜 청자인 것이, 진정한 청자는 열차 중앙 통로에 몰려 있는 군중이니까)을 간간이 쳐다보는 그 얼굴에 어린 쾌감. 외설적인 이야기 방식, 이야기 행위에서 느끼는 쾌락의 노출, 결말로 이르는 과정의 속도 늦추기, 청중의 욕망 끌어 올리기. 모든 이야기는 성애의 방식으로 작동한다. 마침내, 죽은 지 일주일 된 노파의 시신을 발견했다.

(내가 현실에서 늘 문학의 징표들을 찾는다는 것을 깨닫는다.)

3월의 햇살을 받는 신도시. 부피감이라고는 없고 그

림자와 빛뿐, 그 어느 때보다도 시커먼 주차장, 눈부신 콘크리트. 일차원의 장소. 머리가 아프다. 그러한 상태가 되자 도시의 본질로 들어갈 수 있을 것 같은 느낌, 정신 분열이 빚는 창백하고 아스라한 꿈.

차를 몰고 생드니 근처를 지나감. 초고층 건물 플레옐. 그 건물에 사람이 사는지, 아니면 사무실만 있는지 알 수 없음. 멀리서, 그 건물은 텅 비고, 시커멓고, 해로워 보인다.

『리베라시옹』에 실린 역사학자 자크 르 고프[12]의 말. 〈전철을 타면 여기가 어딘가 싶게 어리둥절하다.〉 날마다 전철을 타는 사람들은 전철을 타고 콜레주 드 프랑스[13]에 도착하면 어리둥절한 상태일까? 그 답을 알 기회가 없다.

12 Jacques Le Goff(1912~2014). 아날학파의 대표적 중세사가.
13 1530년에 프랑수아 1세가 설립한 대학으로, 현재는 저명한 학자들이 시민들을 대상으로 무료 강의를 제공한다.

텔레비전에서 본 〈낭테르의 집〉[14]에 관한 르포. 노인, 젊은 여성, 자녀가 있는 부부가 그곳에서 산다. 그들에게는, 독립해서 일하고 잠잘 곳을 마련하고 내일 및 그다음을 예측하는 게 불가능하다는 공통점이 있다. 그들은 그곳 말고는 이 세상에 자리가 없다. 6인용 식탁들이 놓인 식당, 꽃무늬 침대보가 있는 예쁘장한 침실들. 사람들은 세대를 이어 가며 그곳으로 온다. 스무 살짜리 아가씨가 그곳의 어머니와 합류하고, 뚱뚱한 그 어머니는 앞을 보지 못한다. 모두에게 밴 무통의 체념. 건물 마당에서 남자가 보이는 족족 돌들을 주워서 나무들 주위에 원형의 꽃문양으로 배치한다. 그 사람은 돌들이 굴러다녀서는 안 된다고 말한다. 그것이 르포의 마지막 영상이고, 보이스 오프로 설명이 깔린다. 〈질서가 군림

14 1887년에 문을 연 〈낭테르의 집〉은 초기에는 샹드니의 죄수들이 수감된 감옥이었다가, 1897년에는 수용 인원 대부분이 부랑아, 걸인, 장애인, 노인으로 바뀌게 된다. 1930년대에 들어서면서 인간적인 돌봄 제공에 주력하게 되고, 1989년에는 〈낭테르 의료 및 수용 센터〉로 바뀌어 지금까지 내려오고 있다.

하는 곳이며 질서를 보호하는 곳인《낭테르의 집》을 상징하는 메타포를 거기에서 볼 수 있다.〉 이렇게 아름답게 마무리하기 위하여 남자의 행위를, 삶의 단편을 이용하며 그것을 상징으로, 문채(文彩)로 변모시킨다. 이는 그 남자는 왜 거기에 있으며, 기자와 시청자 전부가 그런 장소에 자신이 있는 장면을 그려 보는 것만으로도 몸서리치는데 왜 다른 어떤 인간 존재들은 오히려 그곳에서 행복하고 세상으로부터 보호받는다고 느끼는지, 의문을 품는 데 방해가 된다.

세르지행 열차. 생라자르에서 탄 모녀가 마주 보고 자리에 앉는다. 딸이 『텔레라마』[15]를 읽으며 조잘거린다. 〈어머, 「암소와 죄수」[16] 한다. 보러 가자!〉 등등. 어머니는 감자칩 봉지를 꺼내며, 〈양파 맛이네!〉. 어머니와 딸의 대화, 〈가다가 슈퍼마켓 들르자〉, 〈싫어, 텔레비전 볼

---

15 *Télérama*. 1947년에 창간된 주간지로, 텔레비전 프로그램뿐 아니라 음악, 연극, 문학 등 문화계 전반을 다루는 문화 비평지.

16 La Vache et le prisonnier. 앙리 베르뇌유가 연출한 1959년도 영화.

래〉, 〈그래 그럼, 하고 싶은 대로 해〉. 모녀는 자신들의 사회적 존재의 탁월함을 눈에 띄게 확신하며, 사람들이 자신들의 말을 듣고 있고 자신들을 보고 있음을 알면서도, 자신들은 모든 승객이 자신들의 생각과 행위를 어쩔 수 없이 공유하게 해도 된다고 여긴다. 부러움을 불러일으키리라고 생각하는 모녀 관계와 사생활의 장면을 들이밀기를 열망함. 둘 다 운동복, 에스파드리유 신발, 짧은 양말 차림이고 브르타뉴 해변에서 돌아오는 길이다.

밖에서는, 하이퍼마켓 르클레르는 유리로 된 성당 같다. 안에서는, 사람들이 널찍하게 간격을 두고 자리한 매장들 사이를 걸어 다니다가, 상점 끝 쪽 유리 칸막이 뒤에서 여러 명의 남녀가 흰색 작업복에 모자를 쓰고 비닐장갑을 낀 차림으로 고기를 절단하고 있음을 갑자기 알아차린다. 핏빛 고깃덩이들이 매달려 있다. 쇼핑 카트를 식품으로 채우고 나서 병원 해부실에 가 닿은 느낌.

장애인이 휠체어를 탄 채 계산대에서 계산원들과 어울려 웃고 있다. 계산원들은 바코드가 없는 상품들의 가격을 찾아오라고 그를 보낸다. 그는 꾸러미를 배 위에 얹고 빠르게 튀어 나가 관련 매장으로 갔다가 돌아온다. 계산원들은 그가 일을 훌륭하게 해내고 자신들이 원하는 대로 복종하자 웃어 댄다. 그는 예쁘장하며 자신을 놀려 대는 그런 젊은 여자들의 관심이 집중되어 행복하고, 그런가 하면 젊은 여자들은 그 남자에 대해 두려워할 게 아무것도 없고, 남자가 휠체어를 굴려 강아지처럼 달려가게 할 수 있어서 만족스럽다.

우리는 치과에서 낮은 테이블 위에 놓아둔 잡지들을 읽으며 차례를 기다리고 있었다. 서로 모르는 세 명의 환자. 대기실(1층에 위치함) 창문 아래에서, 가까이 들려오는 오토바이 소리. 젊은 남자 목소리가 솟아오르며 멀리 있는 누군가를 불렀다. 「일요일에 올 거지, 응?」 남자 혹은 여자의 대답은 불분명했다. 「시간 맞춰 올 거지, 응?」 다시 그 목소리가 물었다. 그러더니 소리 질렀다. 「자, 핥아 줄게.」 아마도 작별 인사 대신, 비슷한 발음의 말장난을 한 듯. 서로 모르는 사이인데 본의 아니게 염탐꾼의 위치에 있게 된 상황과 그런 말 때문에 대기실

안에 생겨난 거북함. 혼자서 우연히 들었더라면 재미있고 흥미로웠을 것이, 여럿이 들으니 외설스러워졌다.

　텔레비전 화면에 나오는 철도 공사의 파업 노동자들. 행진하며 보름 전 대학생들의 시위 현장에서 나온 노래와 구호를 가져다 쓴다. 그들은 대학생들을, 〈너희의 평가표, 어디 쑤셔 박았는지 알지〉 같은 그들의 언어를 흉내 내려고 한다. 인터뷰에서는 어휘가 궁해 더듬고 상투적인 노조의 문장들을 사용한다. 언론 매체들과 정부는 교묘하게 그들을 열등한 존재로 취급하고, 철도 공사 사장은 노동자들은 우둔하다는 듯이 〈우선 열차는 달려야 하고, 그러고 나서 협상할 것입니다〉라고 확실하게 선언한다. 자유롭게 대학에 입학할 권리를 옹호하는 창의적이고 〈유머〉 가득한 대학생들의 동맹 파업은 미래 지배자의 파업이었다면, 살기 위해 조금 더 많은 돈을 무겁게 요구하며 외면적 〈멋〉이라고는 없는 철도 종사자들의 파업은 피지배자의 파업이었다.

전화로 M. ── 안경 쓴 적갈색 머리의 여성이고 겨울에는 모피 외투를 입는다 ── 이 그 지적이고 단호한 목소리로 한 말. 「당신에겐 고양이가 필요해요. 고양이를 기르지 않는 작가는 없거든.」

지난주, 문학 평론가인 J.-C. L.이 한 말. 〈바로 메모장에서 진정한 작가를 알아볼 수 있다.〉 그러니까 글쓰기로 충분하지 않고, 작가를, 〈진짜〉 작가를 규정하기 위해서는 바깥으로 드러나는 신호들, 구체적 증거들이 있어야만 하는데, 이 신호라는 것들은 누구나 쉽게 보여 줄 수 있다.

1987

낭테르 대학에서 A. 교수가 돈 후안의 신화에 대해 강의를 시작한다. 「신화의 윤리에 대해 말씀드리겠습니다. 신화와 윤리 사이에 무슨 관계가 있을까요?」 학생 모두의 침묵. 그녀는 생사 블라우스에 바지를 입었고, 날씬한 편이며, 우아하다. 마침내 스스로 모범 답안을, 그러니까 자기 혼자만 어떻게 구성할지 기안을 가진 글의 마지막 문장을 내놓는다. 「윤리, 그것은 견디는 것입니다.」 명확한 답을 듣고 자신들의 무지를 덜기를 바랐으나, 사고의 난해한 진전과 스스로를 점점 더 바보 같다고 느끼게 할 잇따를 또 다른 질문들을 퍼뜩 예감한 학생들의 당혹스러움.

막연히 옷가지를 찾아 오스만 대로변 백화점들 돌기. 멍한 상태, 태어났다가 죽어 버리는 일련의 욕망들, 샤 코크의 이런 스웨터, 카롤의 저런 스웨터, 얌전한 그런 주름 원피스, 연달아 생겨났다가 해체되는 나의 모습들, 목선이 V 자로 깊게 파인 푸른색 옷, 붉은색 옷을 차례로 입은 모습들. 색상과 형태의 공격에 먹이가 되고, 셀 수 없이 많은 데다 몸에 걸쳐 볼 수 있는 이 살아 있는 것들에 의해 산산조각 나는 느낌.

오스만 대로의 축축하고 시커먼 보도로 나오면, 사실 스웨터도 원피스도, 그 무엇도 필요하지 않았음을 깨닫기.

레 리낭드 광장에서 아이 둘이 두 팔을 활짝 편 채 비행기 놀이를 한다. 둘 중 한 아이가 외친다. 흥분한 어조로, 〈난다, 날아!〉. 그러다가 피할 수 없는 필연을 확인하듯 숙명론자 같은 또 다른 어조로 덧붙인다. 「처박힌다, 처박혀.」 여러 번, 점점 더 빠르게, 아이는 뱅글뱅글 돌면서 만족스럽게 그 법칙을 되뇐다.

파리행 열차에서 남자가 젊은 여성에게 묻는다. 〈주당 몇 시간 일해요?〉, 〈몇 시에 근무 시작이죠?〉, 〈원할 때 휴가 낼 수 있어요?〉. 어떤 직업의 이로운 점과 불편한 점을 평가해야 할 필요성, 생활의 구체적 현실. 불필요한 호기심, 무미한 대화가 아니라 다른 사람들이 어떻게 살아가는지를 앎으로써 자신이 어떻게 살아가야 하는지 혹은 어떻게 살아올 수 있었는지를 알기.

작년에 프랑프리에서 쇼핑 카트를 수거하던 젊은이를 다시 봤다. 바로 그 슈퍼마켓에서 여자와 함께 장을 보는 중이었다. 입고 있는 점퍼 밑으로 스웨터가 삐져나왔고, 바지에는 번쩍이는 체인이 달려 있다. 여자가 커다란 목소리로 〈프레지당〉[17] 제품인 카망베르를 가리키며 물었다. 「〈프레지당〉으로 할까?」 그가 답했다. 「그분을 쉽게 데려갈 수 있을 것 같아?」 여자는 웃지도 않

17 〈대통령〉을 의미한다.

고 계속 매대를 살폈다. 주차장에서 벽에 기대어 있던 바로 그 남자였지만, 펑크 상징물을 달고 여자를 거느린 그는 이번에는 자유롭고 행복해 보였다. 그들은 장 본 물건을 담기 위한 쇼핑 카트는 끌고 오지 않았다.

아마도 주인과 점원일 듯한 여자 둘이 철물점 계산대에서 이야기를 나누고 있고, 손님들은 원하는 물건을 찾고 있었다. 「그 여자는 남편이 늦게 들어오는 걸 이해 못 해요. 자기는 교사인데, 그 직업은 장사와는 다르죠. 남편에게는 정해진 근무 시간이 없다는 걸 이해하지 못해요. 장사라는 게 뭔지 알 수가 없으니까요.」 「그 말이 사실이네!」 주인이 감탄하더니, 더욱 큰 목소리로 **사실임**을 강조하며 되풀이해 말한다. 「그 말이 정말 사실이네!」 이 문장에서 사실은 〈가짜〉와 대비되는 게 아니라 철물점 주인 자신은 하지 못했던 발견, 생각에 대한 경탄을 나타내는 것으로서, 주인은 자신이 고용한 직원은 명백히 수월하게 이미 할 수 있었던 생각을 자신은 하지 못했음에 놀란다.

확성기에서 흘러나오는 여자 목소리가 4월 1일 만우절의 유래를 설명한다. 그러고 나서 하이파이 제품과 아페리티프 제품에 할인이 있음을 알린다. 하이퍼마켓이 고객의 교양을 길러 주기를 — 혹은 자신에게 교육적 기능이 있음을 보여 주기를 — 열망하는 것이든가 혹은 광고 집중 포화의 피로감을 덜어 주려는 영업 기술일 것이다. 나중에는 당연히 영사막과 그림, 문학에 관한 애니메이션이, 어쩌면 하이퍼마켓 한가운데서 열리는 컴퓨터 기반의 강좌까지 등장할지도 모름. 피프 쇼의 공간.

저녁마다 라디오에서 하나는 최근 것, 다른 하나는 더 오래된 것, 가끔은 고작 1년 차이밖에 나지 않는 두 개의 가요를 비교한다. 청취자들은 어느 노래를 더 좋아하는지 전화를 걸어서 말해야 한다. 대부분 그들은 젊고, 상당수가 어린 여성이다. 진행자는, 그의 확언대로라면 〈우연히〉 아무 전화나 받고, 이긴 노래가 어느 쪽인지 묻는다. 승리하는 쪽은 늘 최신 가요이다.

어제, 헤어 살롱에서 머리를 감겨 주는 직원이 한 말. 「지금 유행이 예전 유행보다 훨씬 더 예뻐요, 10년 전에는 옷을 보기 싫게 입었어요.」

청춘이 자신의 시대와 이뤄 낸 완벽한 합일, 새로운 것의 우월함에 대한 믿음 — 아름다운 것, 그것은 〈방금 나온〉 것이다 — 달리 말하자면 이는 자신을 믿지 않으며, 미래는 더더욱 믿지 않는다는 의미이리라.

여자가 우편물 배달 사고에 대해 우체국의 창구 직원에게 격렬히 항의하는 어조로 말을 건넸다. 그러한 분노 앞에서 직원은 뻣뻣하게 굴며 찾아봐 주기를 거부했고 공격적으로 답했다. 슬픈 일은 슬픈 어조로 즐거운 일은 즐겁게 등등으로 말하는 것과 마찬가지로, 권리 침해가 야기한 감정이 실린 방식으로 권리 침해 문제를 제기하는 자연스러운 경향. 형식과 내용의 단일성을 지키는 즉흥 연극. 불쾌감이 담긴 언사와 그러한 불쾌감이 촉발한 감정적 동요를 분리하는 일은 노력과 거리 두기를 전제로 하며, 마주하고 있는 사람은 나 자신이 겪는 감정을 전혀 느끼지 못하고 그저 공격적 어조만을 감지함으로써 그것이 그 자신을 겨눈다고 믿으리라는 사실에 대한 이해를 전제로 한다. 오히려 어조의 예의 바름 —— 덜 솔직한, 그렇다고 창구 직원에 대한 선의나 관심의 표시는 아닌 —— 이 이의 제기에 대한 우호적 해결책을 낳을 수 있음에 대한 이해를 말이다.

　부모가 굶어 죽게 내버려 둔 아이 둘이 발견되었다. 라디오와 텔레비전에 나온 시사 평론가들은 의사가 개입하지 않았음에 놀란다. 그 누구도 의사가 그 극빈층 부부의 자녀들을 진찰하면서 무의식적으로 중산층 가정의 자녀들에게 기울이는 만큼 관심을 기울이지 않았다고 말할 생각은 아니고, 그런 의미도 아니다. 의사는 아이들이 환경으로 인해 영양이 결핍되고 심리적 발달이 지체된 것이 당연하고 통상적이라고 생각했을 터였다. 의사는 상황이 흘러가는 대로 내버려 뒀고, 실제로 부모는 가난과 문맹과 여덟 명의 자녀가 이끄는 대로

처신했다. 지나치게 많은 먹여 살릴 입에 대한 무신경
과 무관심으로. 사회의, 부모 쪽에서도 의사 쪽에서도,
자연스러운 흐름.

  쇼핑센터에서 아주 멀리 떨어진 풀밭에, 버려진 장난
감처럼 나뒹구는 쇼핑 카트.

  8월이 한창인데, 밀짚모자를 쓰고 하얀색 짧은 양말
을 신은 발그레하고 원기 넘쳐 보이는 자그마한 안노인
이 레 트루아 퐁텐 한가운데에 아마도 길을 잃은 듯 꼼
짝 않고 서 있다. 그 주변으로 보이는 스포츠용품 상점,
보석 판매점 〈라 바그리〉, 포도주 매장 니콜라.

  RER 안. 저 맨 뒤쪽에서 술에 취한 남자가 커다란 목
소리로 자꾸 같은 말을 한다. 「난, 두렵지 않아. 마음의
평정이 유지되면 두렵지 않은 법이지.」 그러더니 〈난,
르펜[18]에게 표를 줬어. 르펜 같은 남자, 그런 남자가 아

랍인들을, 노동하는 사람들을 위하지. 공작질이나 하는
놈들, 다 꺼져!〉. 모두 신문에 눈길을 떨구거나 창밖을
바라본다. 낭테르역에서 내리다가 얼핏 그 남자를 봤
다. 선원 모자를 쓴 50대였다.

  르클레르에서 장을 보는데 「부아야주」가 들려온다.
내가 느끼는 감흥과 즐거움과 노래가 끝날까 봐 느끼는
이 불안감에는, 파베세의 『아름다운 여름』 혹은 『성
역』[19] 같은 책들이 내게 불러일으켰던 격렬한 느낌과
공통점이 있다. 디자이얼리스[20]의 노래가 촉발한 감정
은 날카롭고 거의 고통스러우며 반복해도 채워지지 않
는(예전에는 음반을 세 번이고 다섯 번이고 열 번이고
간에 연달아 들으며 절대로 일어나지 않는 무언가를 기
다렸다) 불만족이다. 책의 경우, 더 많은 **해방**, 더 많은

  18 Jean-Marie Le Pen(1928~). 프랑스의 정치인으로, 극우 정당 프롱
나시오날의 창립자이다.
  19 윌리엄 포크너의 1931년도 소설.
  20 Desireless. 1980년대의 유명 프랑스 가수로, 글에서 언급하는 곡
「부아야주Voyage」는 한국에서도 유행했다.

탈주, 더 많은 욕망의 해소가 일어난다. 노래(가사는 별로 중요하지 않고 가락이 중요한데, 그래서 나는 플래터스[21]나 비틀스의 노래를 전혀 이해하지 못했다)의 경우, 욕망에서 빠져나오지 못한다. 장소도 장면도 인물도 없고, 오직 자기 자신과 그 자신의 욕망뿐. 하지만 어쩌면 내 삶의 한 시기 전부가, 30년 뒤 〈아임 저스트 어나더 댄싱 파트너〉[22]가 들려올 때 과거의 나였던 그 소녀가 세차게 밀려들게 되는 것은 바로 그러한 거칢과 모자람 때문이리라. 반면에 두세 번 다시 읽은 『아름다운 여름』과 『잃어버린 시간을 찾아서』의 풍성함과 아름다움은 결코 나의 삶을 되돌려 주지 않는다.

미용사가 지나치게 흥분해서 옆에서 머리를 말고 있는 또 다른 미용사를 상대로 말을 하는 건데도 아무에게나 들리게 쏟아 놓는다. 「즉각 알아차렸다니까. 그래

21 Platters. 1952년에 결성된 미국의 흑인 혼성 5인조 그룹.
22 플래터스가 1955년에 발표한 노래 「I'm Just a Dancing Partner」의 가사.

서 말했지, 서캐예요, 그랬더니 그 여자가 대꾸하는데, 천만에 그럴 리가 절대 없어요. 하지만 손님, 저는 서캐를 아주 잘 알아볼 수 있답니다! 머리는 해줄 수 없다고 거절했지. 알지, 그랬더니 미친 듯이 화를 냈고, 내게 상욕을 퍼붓더라고!」미용사는 커다란 목소리로 요란스럽게 계속 그 사건을 언급하는데, 마치 가능한 한 다수의 사람이 그 뻔뻔함에 대해, 머리에 이가 있는데 감히 이곳으로 머리를 하러 온 그 여자에 대해 알아야 하고, 서캐를 발견하며 느꼈던 개인적인 모욕감을 자신에게서 씻어 내줘야 할 필요가 있다는 것 같았다.

아셰르빌에서 어머니와 함께 파리행 열차에 올라탄 어린 여자아이는 하트 모양의 선글라스를 끼고 비닐을 꼬아 만든 초록색 작은 광주리를 들었다. 서너 살쯤 됐는데, 선글라스에 가려진 얼굴을 꼿꼿이 들고 광주리를 몸에 꼭 붙인 채, 웃음기 하나 없었다. 〈성숙한 여자 어른〉의 첫 번째 징표들을 과시하는 절대적 행복과 욕망하던 것들을 소유한 행복.

오늘처럼 화창한 날이면 건물의 모서리가 하늘을 가르고 유리판에 빛이 반사된다. 나는 12년 전부터 신도시에 살고 있지만, 그곳이 무엇과 흡사한지 모르겠다. 늘 차를 타고 지나다니니 그곳이 어디서 시작하고 끝나는지 알지 못해 그곳을 묘사할 수도 없다. 그저 이렇게 기록할 수 있을 뿐. 〈르클레르에 (혹은 레 트루아 퐁텐에, 레 리냥드의 프랑프리에 등등) 갔다, 다시 고속 도로를 탔다, 마르쿠빌의 고층 건물들 뒤로 보이는 (혹은 3M 미네소타 빌딩 위로 보이는) 하늘이 보랏빛이었다.〉 그 어떤 묘사도, 그 어떤 이야기도 부재. 그저 순간들, 만남들. 에트노텍스트들.[23]

레 트루아 퐁텐에 자리한 향수 전문점의 직원 중 한 명이, 가장 오래된 한 명 — 이곳에 근무한 지 3년째 —

23 Ethnotextes. 공동체의 문화와 삶을 보여 주는 다양한 형태의 기록들로, 민족지학ethnographie의 연구 자료체.

이 임신했는데, 최소 6개월째다. 어깨에 이르는 목선까지 둔해 보일 정도로 살이 오른 얼굴, 느릿한 거동, 연신 짓는 미소. 「이 마스카라는 빠르게 말라요.」 이 말을 해놓고 여자가 웃는다. 그러고는 묻는다. 「얼마나 있다가?」 「넉 달.」 여자는 머리를 젖히고 한참을 웃는다. 「정상이지!」 내가 향수점에서 나가는 동안에도, 별거 아닌 일로도 즐거워하는 임신한 여자 특유의 도취감에 잠겨 계속 웃는다.

「가요 톱 50」의 1위 곡, 그건 〈한잔하러 집에 와 ─ 레드 와인도 화이트 와인도 소시지도 있지 ─ 미밀과 그의 아코디언도 있고〉.[24] 처음 든 생각. 〈이런 걸 좋아하는 사람들이 언젠가 모차르트를 들을 수 있을까?〉 지금은 그 노래가 완전히 흥겹게 여겨지는데, 가사를 보면 일요일인 듯했고, 날씨는 화창하고, 친구들이 오기

---

24 리상스 IV의 노래 「한잔하러 집에 와Viens boire un p'tit coup à la maison」의 가사인데, 에르노가 가사를 착각한 듯하다. 원래 가사에는 〈아코디언을 멘 질루도 있고〉로 되어 있다. 질루는 유명 아코디언 연주자인 질 르쿠티의 별명이다.

로 되어 있다. 〈여편네들이 들이닥쳤고, 페르노주를 압수했고, 우리보다 더 크게 소리를 질러 댔다〉라는 가사의 그 노래는 절대 다수의 실제 삶을 반영하고, 여자들이 식탁에서 술병을 치워 버리며 〈너무 많이 마셨어요〉라고 말하는 모습을 본 적 없는 사람들에게나 끔찍해 보인다. 그 사람들은 페르노주와 소시지가 짝꿍인 생활 방식을 묘사하는 — 고발하는 — 노래는 견디겠지만, 서민 모임의 흥겨운 잔치 분위기를 즐겁게, 심지어 희열을 느끼며 당당히 요구하는 노래는 모욕으로 느낀다.

낭테르 대학에서, 교수가 프루스트를 설명하는 강의실 벽에:

속박을 떨치고 즐겨라

자유로운 성생활

자유로운 사랑

대학생인 너, 잠을 자며 네 삶을 낭비하는구나

경제적 평등을 강제하자

케 드 라 투르넬에 있는 레스토랑 콩투아르 드 라 투르 다르장[25]에는 마음대로 들어가지 못하고 종을 눌러야만 한다. 바깥에서는 상차림이 된 테이블, 꽃들, 그리고 한창 식사 중인 남녀 한 쌍이 보인다. 문턱을 넘어서자마자 그건 밀랍으로 만든 사람 모형임을 깨닫는다. 남자 한 명이 〈라 투르 다르장〉 실내화, 가장자리에 장미꽃 문양을 수놓은 검은색 실내화를 구매하는 중이다. 그가 신어 볼 수 있는지 묻는다. 그는 고급 유리그릇들과 제조 연도가 붙은 포도주병들 사이에, 사람 모형 가까이에 앉는다. 상점에는 하나같이 비싸고 친필 사인이 든 아주 소수의 상품만 놓여 있다. 장례 물품을 파는 상점 느낌. 이곳에서 파는 푸아그라는 작은 백자 항아리에 담겨 있다.

성탄절이 지나고 나서, 마르그리트 뒤라스와 장뤽 고다르가 텔레비전에서 대담을 가졌다. 그러니까 보통은

---

25 1582년에 문을 열었다는 주장이 있을 정도로 파리의 유서 깊은 레스토랑 중 하나이다. 요식업 외에 고급 식료품 및 제과 제빵 업계에도 진출했다.

예술가들끼리 자기 집에서 혹은 카페에서 사적으로 나눌 대화를 모두에게 보여 줬다. 두 사람은 마치 카메라도, 거실 가득 들어찬 방송 전문가들도 없다는 듯이(〈자연스러움〉의 최고 형식) 전혀 거북해하지 않으며 이야기를 나눈다. 뒤라스가 고다르에게 말한다. 「당신은 글쓰기엔 젬병이잖아. 그게 결함이지.」 그가 그렇다고, 아니라고, 말한다. 그들이 하는 말의 내용은 중요하지 않고 사람들이 볼 수 있게 제공된 지식인들, 예술가들의 대화라는 사실만이 중요하다. 대화의 이상적 모델.

고다르와 뒤라스가 불러일으키는 존경. 존경을 촉발하면 문화적이 된다. 예전에는 부르빌,[26] 페르낭델[27]에 대해, 그리고 최근에는 콜뤼슈[28]에 대해 존경이 전무했음. 죽음에 의해서도 역시 문화적이 된다.

---

26 André Raimbourg(1917~1970), 일명 부르빌. 프랑스의 배우, 가수이자 만담가.

27 Fernand Contandin(1903~1971), 일명 페르낭델. 프랑스의 배우, 가수, 만담가이자 감독.

28 Michel Colucci(1944~1986), 일명 콜뤼슈. 만담가이자 희극 배우. 빈곤층을 위한 무료 식당 〈레스토 뒤 쾨르〉의 설립자이기도 하다.

새해 전날의 파리에서는 거리에서, 오스만 대로의 대형 백화점들 앞에서, 전철과 RER 역사에서, 젊으나 늙으나 거지마다 외쳐 댔다. 〈행복한 새해를! 즐거운 새해를!〉 아브르코마르탱역에서는 그런 외침들이 무시무시하고 위협적인 소음을 이뤘다. 그 거지들이 다 함께 바닥에서 벌떡 일어나 쇼핑백과 선물을 잔뜩 든 행인들에게 달려들어 그들의 정당한 몫을 채 가려는 건 아닌지 궁금해질 정도로.

1988

어서, 집으로 돌아가! 남자가 개에게 그렇게 말하고, 고개를 푹 숙이고 배를 땅에 끌며 걷는 그 개는 죄지은 모양. 1천 년이 넘도록 아이와 여자, 그리고 개에게 던지는 그 문장.

토요일, 생라자르역, 택시 승객 대기 줄에 서 있던 남녀 한 쌍. 여자는 정신 나간 표정이고, 남자가 반쯤 떠받치고 있다. 그가 자꾸 같은 말을 되뇐다. 「내가 죽게 되면 너도 알 거야.」 그러고는 〈난 화장을 원해, 알지, 남김없이 다 타서 없어지고 싶어. 그런 데 들어가고 싶지 않아. 그건 정말 흉측해〉. 그가 그녀를 바싹 껴안고, 그 여자는 얼이 빠져 있다.

사람들, 그들의 삶이 나를 뚫고 지나가니, 몸 파는 여자 같다.

약국에서, 여자가 남편을 위해 약을 사며, 〈이걸 다 삼키고 나면 더는 배도 안 고프겠네〉. 그러고는 〈따뜻하게 있기〉, 자기 몸 돌보기를 등한시하는 남편에 대해 웃으면서 〈자식이 그러면 뺨이라도 칠 텐데!〉. 한 세대에서 다음 세대로 전해 내려오는 말들, 언론과 책에는 나오지 않고 학교에서는 무시당하며 서민 문화에 속하는 말(원래 나의 것이었던 — 그래서 그런 말은 즉각 알아본다).

아침 7시의 파리행 열차에서 사람들은 아예 말이 없거나 혹은 느릿한 목소리로 최소한으로 말한다. 여자가 잠이 덜 깬 어조로 맞은편 여자에게 어항에서 죽어 있는 것을 발견한 물고기 이야기를 꺼낸다. 「어항 물에 손을 넣고 첨벙댔는데, 꼼짝도 안 했어. 수면으로 떠오른

걸 보고 〈에이, 정말〉, 그랬지.」조금 있다가, 그 여자가 다시 똑같은 사건을 꺼내면서 되풀이하는 말, 《《에이, 정말》, 그랬지〉. 그 여자가 말하는 동안, 창가 쪽의 또 다른 여자가 호기심을 품고 그 여자를 응시하며 귀를 기울였다. 조명은 노르스름했고, 다들 외투 안에서 갑 갑했다. 열차 차창은 입김으로 뿌옜다.

샹브르 데 데퓌테Chambre des députés 역사에 표기 된 역명에서 누군가가 〈데dé〉를 긁어 내어 샹브르 데 퓌트Chambre des putes가 되었다. 국회 의원 모임이 창 녀 모임이 되었으니, 반의회주의의 신호. 현재, 그렇게 되면 숙명적으로 파시즘에 이르게 된다고들 말한다. 〈데dé〉를 들어낸 사람은 어쩌면 그저 재미 삼아, 그리 고 사람들을 즐겁게 해주려고 그랬을지도 모른다. 어떤 행위의 개인적이고 현재적인 의미를 그 행위로부터 생 겨날지도 모를 미래의 의미 및 그 결과와 분리하는 것 이 가능할까?

신도시의 역사 에스컬레이터 근처에 무리 지어 있는 젊은이들. 사내들 속에 여자는 한 명뿐. 옆을 지나가는데, 그 젊은 여자가 밝은 목소리로 하는 말. 「친구들에게 내가 네 아이를 가진 지 두 달 반 되었다는 이야기 안 했어?」 그러자 웃음이 인다. 마치 그녀가 바람이 쓸고 가는 황무지에 있기라도 한 듯하다.

라디오만 틀면 몽환적인 음악을 배경으로 호소력 짙은 남자 목소리가 여기저기서 해대는 광고, 〈론풀랭크[29]의 세계로, 도전의 세계로 오신 걸 환영합니다〉 등등.

전철에서 남자가 동전 한 닢 혹은 식권 한 장을 달라고 요청하며, 〈실직했습니다〉. 그가 헛되이 손을 내민다. 그는 콩코르드에서 내리면서 혼잣말인 양 중얼거린다. 「정말로 돈이 없는데.」

프랑프리의 계산대에는 사람들이 늘어섰고, 그 줄 속

---

29 프랑스의 제약 및 화학 기업.

의 아시아 여자 한 명이 방금 하교한 어린 아들의 책가
방을 멨는데, 아들은 그 옆에서 재미나게 놀고 있었다.

　　5월의 토요일 저녁, 낭테르 위니베르시테 플랫폼에
서. 한 명도 빠짐없이 3리터들이 포도주를 담은 〈라 렌
페도크〉[30] 상표가 찍힌 종이 가방을 든, 30세에서 60세
사이의 남녀들. 그치지 않는 웃음. 조금 더 수다스러운
여자들이 그날 하루 여정의(노르망디에서 오는 길인 듯
했다) 행복에 대해 언급한다. 다 같이 웃었던 순간들을
떠올리며 다시 웃기. 웃음을 촉발했던 일이 벌어졌던
상황을 복기하기, 이미 돌아갈 수 없는 시간이기에 이
를 두고 더욱 크게 웃기. (마찬가지로, 머릿속에서 더욱
더 즐기기 위해 사랑의 동작들을 빠짐없이 되살리기.
— 문학도 역시 쾌락과 고통의 되풀이.) 그들은 〈약국〉
이라고 부르는, 아마도 〈천연 제품〉을 직접 만들어 파는
곳일 듯한 상점을 방문했던 이야기를 한다. 여자가 하
는 말. 「그 남자, 그 사람이 내게 그랬지, 개를 키우세

---

30 부르고뉴 농원에 뿌리를 둔 유명 포도주 회사로, 1936년에 파리에
레스토랑을 연 뒤 1949년부터는 포도주 시장에 뛰어들었다.

요? 개가 허연 똥을 싸면 버리지 말고 갖고 있어요.」그
여자가 허리를 반으로 접어 가며 웃더니, 또다시 말한
다. 「개가 허연 똥을 싸면!」

　그들은 무리 지어 있고 한 회사에 다니는 사람들처럼
모두 서로 잘 아는 사이라서, 자연스럽게 그들 무리에
속하지 않고 외톨이인 다른 승객들에 대해 커다란 목소
리로 언급한다. 「어머, 저기 부인이 일어섰어. 틀림없이
기차가 오는 거겠지.」 남자 한 명이 하는 말. 「푸아시에
서 내릴 수 있었는데. 그랬더라면 더 가까웠을걸.」 그러
고는 누군가가 크레프 전문점에 가서 저녁 모임을 더
갖자는 초청에, 〈너무 많이 먹어서, 크레프, 그거 맛이
나 느끼겠어!〉. 나는 어린 시절에 익숙했던 그런 말, 그
런 표현(어떤 여자는 또한 이렇게 말했는데, 〈저이는 먹
는 거라면 사족을 못 써!〉)을 듣고서 놀랐다. 이렇게 늘
다음의 법칙이 경험적으로 확인된다. 즉, 자신이 어떤
말들을 이제는 사용하지 않으면 그 말들이 사라졌다고,
자신이 먹고살 만하면 가난이 이제는 존재하지 않는다
고 믿기. 또 다른 법칙, 그것은 정확히 그 반대인데, 오
래전에 떠나왔던 도시로 돌아가면서 과거 그대로 변하
지 않은 사람들을 다시 만나리라고 지레짐작하기. 두

경우 모두, 현실에 대한 몰이해, 그리고 유일한 척도가 나뿐이라는 공통점을 가짐. 첫 번째 경우가 타인 전부를 자신과 동일시하기라면, 두 번째 경우는 우리가 도시를 떠날 때 마지막으로 본 그 이미지에 영원히 머물러 있는 존재들에게서 예전의 나를 되찾으려는 욕망.

모레면 생라자르역은 내게, 신도시의 주민들에게, 더는 파리로 들어가는 문이 아닐 것이다. 우리는 RER를 이용해서 샤를 드골, 오베르, 레 알 등등의 지하철역에 도착하게 될 것이다. 오늘 아침 생라자르역 홀과 유리 천장과 그 위로 지나가는 새들을 바라보았다. 내 삶의 9년이 세르지-파리 구간 노선 변화로 막을 내리려는 참이고, 이제 세르지-생라자르 노선 기차 시대와 RER A 의 시대로 나뉘리라.

신도시의 고급 상점 밀집 지역에 자리한 에디아르에 길고 헐렁한 아프리카 의상 부부를 걸친 흑인 여성이

들어왔다. 즉각, 매장 매니저의 눈길이 칼날로 변하며 그 고객에 대한 빈틈없는 감시에 돌입, 상점에 잘못 들어왔다는 의심까지 받는 고객 본인은 정작 자기 자리가 아닌 곳에 있다는 눈치조차 없음.

처음으로 갈아타지 않고 세르지에서 파리로 가는 RER를 탔다. 생라자르역의 검은색 내벽 사이로 미끄러져 들어가는 기차도, 철로 위로 돌출된 벽면을 비치는 태양도, 롬가의 〈샹플랭 호텔〉, 〈비서 양성 전문 학교〉 광고판도, 플랫폼의 군중도 이제 더는 없을 터이다. 저녁때 전광판 앞에서의 기다림도, 만날 약속을 한 사람들이 사방으로 달려가는 일도(RER역에서는 그런 일이 어떻게 가능할까?), 확성기에서 흘러나오는 알림도, 저녁때 기차의 작은 푸른색 불빛들도, 오늘 아침 이후로 전부 다 추억이다. 이제 지하로, 인공조명 속에서 자신이 어디쯤 있는지도 알지 못한 채 파리에 도착한다.

하지만 샤를 드골역에 나란히 설치된, 조용히 작동되는 거대한 금속 에스컬레이터들은 아름답다. 에스컬레이터에서 내리니 악단의 연주 소리가 점점 커졌고, 여자들은 장신구를 늘어놓은 노점상 앞에 멈췄다. 아침 8시였다.

내 머리를 해주는 젊은 미용사에게 묻는다.「책 읽는 것 좋아해요?」그녀가 대답한다.「오, 책을 읽는다고 지장은 없지만 시간이 없어요.」(설거지하거나 요리하는 게, 서서 일하는 게,〈딱히 지장은 없어요〉. 이런 표현은 괴로운 일들을 차분히 해낼 수 있음을 말하려고 사용하는 표현이다. 그러니까 책 읽기도 그런 일에 들 수 있다는 말.)

신문에 실린 여론 조사. 거기에서 구체적 상징들의 힘을 발견한다. 신을 모욕하는 데 전혀 거리낌이 없다고 생각하나 십자가에 침 뱉는 일을 받아들이는 사람은 드물다(십자가를 인조 음경으로 사용할 사람의 수는 아마도 더욱 적었으리라) ── 탈영은 하고 싶어도 국기를 밟고 싶지는 않다. 어린 시절에 존중해야 한다고 주입 당했던 사물들의 신성한 성격, 그리고 꼭 그만큼, 사람들이 보고 만지는 사물의 위력. 그것을 위반하는 것은 즉각적이고 가시적인 세계에 대한 침해이다. 말과 사상에는 동작이, 행동이 사물에 대해 갖는 힘이 없다. 적을 해치고 싶다고 쉽게 소원하지만, 인형을 집어서 그러한 해악을 구현하기 위해 바늘로 찌르는 행동은 대부분의 사람에게는 생각할 수 없는 일인데, 미신에 대한 경멸 때문이라기보다는, 위반 이외의 다른 목적성은 없는 동작에 대한 공포 때문이다.

이제는, 세르지와 파리를 잇는 RER에서 정기적으로 구걸하는 거지가 있다. 그의 수법은 자인(自認)의 수법이다. 「저는 도둑이 아니고 살인자도 아니고, 저는 거지입니다!」 그러고는 〈제가 먹고 한잔 마실 수 있게 조금만 베푸십시오〉(〈저는 일이 없습니다〉라고 말하면 즉각 사람들의 의심, 짜증을, 그러니까 일을 찾으면 되지 등등을 끌어낸다). 그가 알린다. 「여러분 사이로 지나갈 테니 조금만 베푸십시오, 많이 베푸셔도 받습니다.」 유머는 즐거움을 주고 사람들은 웃는다. 그는 많은 돈을 거둬들이고 우렁찬 목소리로 〈행복한 휴가와 행복한 하루를〉이라고, 그리고 아무것도 주지 않은 사람들에게는 〈하찮은 휴가와 하찮은 하루를〉이라고 외친다. 사람들을 자기편으로 만들어 버림. 전철에서 내리며 〈자, 그럼, 내일 또〉라고 소리친다. 열차 안 사람들이 키득거린다. 각자의 자리가 존중되는 이 전략의 뛰어남. 당신들과 정반대로, 나는 거지이고 나는 술을 마시고 나는 일하지 않는다. 그는 사회를 고발하지 않고 공고히 한다. 그는 자신이 몸소 가리켜 보이는 가난, 알코올 의존증, 이런 사회적 현실과 대중—승객 사이에 예술적 거리를 두는 광대이다.

푸아소니에르역에서 내렸고 라 파예트가를 따라 올라가서 생뱅상드폴 성당까지 갔다. 계단을 올라가면 성당이다. 젊은 여성 한 명이 돌계단에 앉아 햇볕을 쬐며 편지를 썼다. 남녀가 키스했다. 마치 로마에서, 태양을 향해 꽃으로 가득한 계단을 올라 트리니타 데이 몬티 성당으로 향하는 느낌이었다. 그리고 마쟁타 대로로 접어들어 예전 호텔 스팽크스가 있던 곳인 106번지의 호텔 드 쉬에드를 찾았다. 건물 전면에 덮개를 씌워 놓고 층마다 내부를 다 부수고 있었다. 일꾼 한 명이 창가에 팔을 괴고 다른 사람들에게 웃어 가며 뭔가를 말하면서 나를 지켜봤다. 나는 호텔(아마도 아파트로 개조 중인)을 올려다보면서 맞은편 거리에 꼼짝 않고 서 있었다. 그는 내가 사랑이든 불륜이든 기억의 장소로 되돌아온 거라고 생각했을 터. 나는 다른 여자, 나자, 1927년경 이 호텔에 살았던 앙드레 브르통의 여자[31]에 대한 기억으로 되돌아온 것이다. 내가 멈춰 선 진열창에는 유행 지난 신발들이 진열되어 있었고 하나같이 검은색이었는데, 실내화 역시 검은색이었다. 마치 장례용 혹은 성직자용 신발 전문점 같은 느낌이었다. 그 뒤로 계속 마쟁타 대로를 따라 내려가다 페름생라자르 골목으로 접어들었는데, 인적이 없었다. 남자 한 명이 문간에 앉아 있었다. 포석에 찌꺼기처럼 남은 피의 흔적. 다시 라 파예트가로 접어들어서 옛날식으로 커튼을 단 카페 〈누벨 프랑스〉까지 갔다. 바로 문간에서 어떤 사내가 거리 맞은편의 유라시아 여성에게 손짓을 보냈다. 나는 멍하니

31 앙드레 브르통, 『나자 _Nadja_』(1928) — 원주.

나자의 발걸음을 쫓아 걸었는데, 일종의 마비 상태는 강렬한 체험의 느낌을 준다.

클뤼니역의 통로 벽에 기대어 앉은, 키 큰 금발 청년. 청년이 걸친 붉은색 바람막이와 베이지색 바지가 깨끗하다. 청년은 옆에 배낭을 놔뒀고, 그 앞에 팻말이 있다. 읽지 못했다. 플랫폼을 향해 걸어가는 내내 되돌아가서 그 팻말을 읽어 보고 돈을 주고 싶었다. 어느 순간엔가 돌아가는 게 불가능해졌다. 방금 내 아들 중 하나가 구걸하는 모습을 본 듯한 느낌이었다.

저녁 6시쯤, RER에 사람들이 많았다. 창가에 앉은 여자가 사람들이 몰려서 있는 중앙 통로로 끊임없이 눈을 돌렸다. 그녀의 시선이 가는 쪽에는 여자들만 있었다. 그 여자는 반짝이는 갈색 머리에 회색 상의와 줄무늬 바지 차림이었고, 검은색 가방에서 파일이 삐죽 나와 있었다. 결혼반지를 낀 섬세한 손. 그 여자가 쳐다보는 여자는 모델 몸매에 화려한 화장을 한 금발이 아니라 베이지색 치마와 같은 색 블라우스를 입은 통통하고 아담한 갈색 머리였다. 누군가가 자신을 응시하고 있음을 알아차리자 아담하고 통통한 그 승객은 다른 곳을 바라보기 시작했고, 그러고 배를 쏙 집어넣었다. 그녀의 흰색 브래지어가 비쳐 보였다. 미소가, 모호하고 떠나지 않는 미소가 얼굴에 떠돌았다. 상대방은 눈썹 한 가닥 까딱 않고 계속 그녀를 응시했다. 갈색 머리의 아담한 여자는 자신을 대상으로 걸어오는 작업에 나도 끌어들이려는 듯 내게 재미난다는 눈길을 던졌다. 선택받았기에 자신도 모르게 환한 얼굴. 준비에브 C.가 쉬는 시간에 학교 운동장에서 우리에게 자신의 음부를 보여줬기 때문에, 우리가 서로 바라보면서 입을 손으로 틀어막고 창피함과 즐거움으로 키득거렸던 일이 생각났다. 초등학교 때이니, 남자애들의 시기 이전의 일.

F.와 F.의 친구가 최근에 슈맹베르가에 연 사진관에서 작가들의 인물 사진을 제작했다. 그 뒤로 두 여자는 그 작가들 중 한 명에 대해 거론할 때면, 〈조니〉[32]의 열

성 팬들을 경멸하면서도 그들처럼 작가를 성이 아니라 이름으로 부른다.「이브의 책이 잘 팔리니, 그이를 생각하면 다행이지.」그 작가와 친밀한 관계라고 믿든가 아니면 믿게 하고 싶은 마음. 두 여자는 또한 버지니아 울프 대신 버지니아라고 말하지만 〈마르셀〉(프루스트)이나 〈루이페르디낭〉(셀린)은 또 아니다.

오늘 아침에 발정 난 개를 산책시키다가 팔팔한 잡종견의 목줄을 쥔 아담한 안노인과 마주쳤는데, 그 개는 우리 냄새를 맡자마자 멀리에서부터 경계 태세였다. 우리는 서로 인사를 나눴다. 나는 연이어 두 번 만나는 안노인들에게 인사를 건네는 나이에 들어섰는데, 나 역시 노인 축에 들게 될 시간을 보다 예리하게 감지해서였다. 스무 살 적에는 노인들이 눈에 들어오지 않았는데, 그 노인들은 내게 주름이 생기기 전에 세상을 뜰 터였다.

32 Johnny Hallyday(1943~2017). 프랑스의 유명 로큰롤 가수로 어마어마한 팬덤을 자랑했다.

플랫폼에서 연주하는 두 악단 사이에 갇힌 채, 레 알 역에 앉아 있다. 불협화음, 그 속에서 서서히 비워지기.

저녁 9시 반, 샤를 드골 에투알역에서 목격한 수사(修辭) 연습. 술에 취한 젊은이가 앉아 있는 사십 줄의 남자에게 시비를 건다. 극빈자이지만 아직 거지까지는 아니고, 그저 여전히 그 교차로에 있는 남자. 「처박히기 싫음 꺼져!」 더욱 커다란 목소리로, 〈꺼지라고! 꺼지라고 하잖아!〉. 더 나이 든 남자가, 〈왜 날 괴롭히지? 예의 갖춰 말하게〉. 두 남자 사이에서 대화가 이어지는데, 부랑자가 되지 않으려고 애쓰는 남자가 천박하고 공격적인 방식, 젊은이가 자신에게 말을 걸며 사용했던 그 방식 때문에 그들은 서로 대화를 나눌 수 없다고 설명한다. 「자네는 오자마자 대뜸 〈처박히기 싫음 꺼져〉라고 말하는데, 어디에 처박는다는 말인지 내 모를 것 같은가, 그러니 자네에게 대답할 수 없어. 자네가 점잖게, 차분하게 말했다면 우리 둘 사이에 뭔가가 통할 수도 있었겠지만, 천만에, 난 자네에게 답할 수 없고, 그러고 싶지 않아.」 젊은이는 공격적인 의도를 늦추지 않고, 반면 상대방은 계속 〈정상적인〉 세계에서 지켜지는 진정한 대화의 규범이란 무엇인지 규정하는데, 정작 본인은 이미 물질적으로는 그 세계에서 내침을 당했는데도 그 세계의 관습을 지키려고 드는 것이, 마치 몰락한 귀족이 계속해서 숙녀의 손등에 입 맞추는 예의범절을 버리지 못하는 것만 같다. 하지만 그 젊은 거지는 속지 않으며, 늙은 가난뱅이와 의견 주고받기 — 비록 그것이 올바른 대화의 규범일지언정 — 를 해나가면서, 그 늙은 가난뱅이가 자신과 같은 처지라는 생각을 아직 거부하고 있으나 곧 자신과 같은 처지가 되리라는 것을 분명히 느끼는 모양이다. 하나같이 다른 곳을 바라보거나 신문을 읽는 플랫폼의 승객들.

사실을 마주했을 때, 두 가지의 행동 방식이 가능함을 깨닫는다. 정확하게, 꾸밈없이, 전체 이야기를 고려하지 않고 그 사실들과 순간 속에 드러난 그것들의 성격을 기록하거나, 그것들을 따로 간직하고 있다가 〈소용〉(경우에 따라서)되게 만들고, 전체(예를 들면 소설)

속에 그것들을 편입시키기. 내가 여기에 써나가는 글들처럼 단편(斷編)들은 내게 미진한 느낌을 남기며, 나는 오랜 시간이 걸리는 구성 작업(하루하루와 마주침의 우연에 복종하지 않는)에 뛰어들어야 할 필요를 느낀다. 하지만 RER에서 보이는 장면들, 사람들의 **자기자신을 위한** 동작과 말 들을, 비록 그것들이 아무 데도 소용되지 않는다 해도 옮겨 적어야 할 필요 역시 느낀다.

세르지역 벽에 10월의 폭동[33] 이후 누군가 적어 놓은 문구. 〈알제리, 나는 너를 사랑해.〉〈알제리〉와 〈나〉 사이에 핏빛의 꽃 한 송이.

---

33 유가 폭락으로 경제 상황이 급격히 악화하자 1988년 10월 5일, 도시 빈민 청년을 주축으로 한 대규모 폭동이 알제리 전역으로 번졌다. 10월 10일, 군인의 개입으로 상황은 종료되나 그 영향으로 샤들리 벤제디드 대통령은 일련의 개혁 조처들을 발표하기에 이른다.

1989

온종일, 늙은 페인트공이 건물 벽면의 페인트칠을 벗겨 내며 젊은 수습생을 닦아세운다. 〈초짜 배우처럼 굴 필요는 없잖아!〉 혹은 〈어디다 손을 대는 거야, 바보냐! 넌 바보이기는 한데, 그게 네 잘못은 아니다. 태어날 때부터 그러니〉. 젊은 수습생은 계속 즐겁게 노래하고, 노인은 만족스러운 표정이다. 중요성을 갖지 않는 말들, 의례적 기호, 거의 애정 표시. 옛 시대에서 튀어나온 듯한.

이제 생라자르역은 내 생활의 일부가 아니고, 지금 내가 아는 것은 오로지 RER의 역들, 오베르역의 침묵, 어렴풋이 들려오는 듣기 좋게 서글픈 〈가요〉 소리, 서로 소리가 섞이는 레 알역의 악단들, 소리 없이 들어오는

열차, 열기, 조명 불빛. 생라자르역이 상징하는 19세기
가 지나가고 21세기로.

몇 주 전부터 눈에 띈 〈구걸〉의 새로운 형식.「취하도
록 퍼마시러 가게 2프랑만 안 될까요?」한쪽 귀에 귀걸
이를 한 청년. 동정에 호소하던 것이 냉소주의로 바뀌
었다. 인간의 끊이지 않는 창조성.

신도시의 레 트루아 퐁텐 입구에 처음으로 동냥아치
가 나타난 것이 **언제**였는지 기억해 내고 싶다. 이번 여
름일까(1989)?

젊은 여성이 RER 안에서 쇼핑한 물건들을 풀어 본
다. 블라우스, 귀걸이. 그 여자는 그것들을 바라보고, 그
것들을 만진다. 흔히 보이는 광경. 무언가 아름다운 것
을 소유한 행복, 실현된 아름다움을 향한 욕망. 사물과
맺는 무척 감동적인 관계.

세르지프레펙튀르역 앞 버스 정류장에서, 여자가 청
소년인 딸에게 격렬한 어조로 꾸지람을 한다. 그녀의

맺음말. 「내가 늘 곁에 있는 게 아니야! 살면서 혼자 헤쳐 나가야만 할 거라고!」

〈우리가 늘 곁에 있는 게 아니야!〉라고 말하는 아버지나 어머니의 목소리와 그들의 억양이 아직도 귀에 선하다. 갑자기 엄격해지던 그들의 표정이 다시 눈앞에 떠오른다. 당시 그 말은 실체가 없었다. 그들은 둘 다 옆에 있었으니까. 내가 공부하기, 물건을 낭비하지 않기 등등을 할 수밖에 없게 을러대는 것처럼, 그저 멀게만 느껴지던 위협. 이제, 그 말을 떠올려 봐도, 역시 실체가 없다. 살아 있는 사람들의 위협이었는데, 그들 둘 다 죽고 없다. 〈우리가 더는 곁에 없으면 너도 알게 되겠지!〉 그 문장만이, 부조리하고 잔혹하며 이제는 다른 이들이 입에 올리는 그 문장만이 남아 있다.

피렌체. 베키오 궁전의 여자 화장실. 작은 팻말에 적힌 2백 리라. 60대로 보이는 남자가 네다섯 개 되는 화장실 및 부속 공간의 유지와 순조로운 운영을 책임지고 있다. 입구에 줄 선 여자들. 관리인은 분주히 움직이면서 누군가가 화장실을 사용하고 나올 때마다 심각한 표정으로 상태를 살핀다. 젊은 남자가, 스무 살쯤으로 보이는데, 휴지로 손을 닦으면서 화장실 한 칸에서 나오자 여자들의 시선이 쏠린다. 〈여자 화장실인데 여기에서 뭐 하는 걸까, 손을 수상쩍게 닦아 대니, 수음을 했나?〉 여자들의 말 없는 의문. 관리인이 젊은 남자가 방금 나온 그 장소로 급하게 들어가서, 여봐란듯이 바닥에 비질과 걸레질을 하고 물을 내리고 요란하게 청소를 하더니, 이제 들어가도 된다고 어떤 여자에게 손짓한다. 더럽혀진 장소를 볼 때의 그 모든 비난이 그렇게 연극적으로 과장된 청소에서 드러났기에, 여자들은 저마다 그 장소를 처음 열고 들어갔을 때만큼 깨끗한 상태로 유지하지 않으면 안 된다고 느낀다. 들고 날 때마다, 사실 관리인은 들여다보고 다음 차례의 여자에게 신호를 보내기만 하면 된다. 여성들의 배설 욕구 충족 업무에 임명된 그 남자의 뚜렷한 즐김, 한없이 새롭게 채워지는 국제적 할렘의 급료 받는 호색한. 그는 자신의 색욕을 청결에 대한 극단적 요구로, 변기의 깨끗함과 완벽함의 이상으로 벌충한다.

가톨릭 구호 단체 카리타스의 홍보 포스터, **마음껏 온정을.** 가난한 사람들, 그러니까 지배 계급이 그려 보는 모습 그대로 가난의 낙인이 찍힌 사람들이 떠오른다. 추레한 육신, 후줄근한 옷차림, 얼빠진 표정이라는 이미지 앞에서 가난한 사람들이 어떻게 느꼈는지는 궁금해하지 않았다.

『로르디나퇴르 앵디비뒤엘』[34]에 실린 광고. 오른쪽 페이지에 남자 세 명과 여자 한 명. 남자 둘은 정장 차림이고, 여자는 요염한 검은색 원피스 차림. 얼굴이 흐릿하게 잡힌 세 번째 남자는 벨벳 바지와 빨간색 스웨터를 입은 모습이 어딘가 68세대[35]의 느낌이다. 이 실루엣들 밑에 적힌 글귀. **우리가 왜 성공했는지 설명하려고 한다.** 페이지를 넘기면 그 인물들이 다시 나온다. 첫 번째 남자가 하는 말. 〈『로르디나퇴르 앵디비뒤엘』을 구독하

---

34 *L'Ordinateur individuel*. 1978년에 창간된 컴퓨터 관련 월간지.

35 1968년에 전 세계적으로 벌어졌던 반권위주의적 가치 혁명 혹은 문화 혁명을 68혁명 혹은 68운동이라고 칭하며, 그 세대를 68세대라고 한다.

고, 내 아버지가 대표여서 성공했습니다.〉 그 뒤를 잇는
두 사람도 냉소적인 유머가 밴 같은 유형의 담론을 사
용한다. 네 번째 남자, **빨간 스웨터를 입은 남자, 그는 모습**
을 감췄다. 조잡한 의상과 쿨한 태도(나머지 사람들은
꼿꼿하고 활기찼다)에 실패가 새겨져 있던 그 남자는
성공의 풍경에서 종적을 감췄다. 말살됨, **무쓸모 인간.**
이 단어는 1980년대 자유주의와 함께 등장했다. 이 말
은 그 시대를 반영해 열등 인간을 규정한다.

　슈퍼마켓 쉬페르디스쿤트에서, 아마도 대체 직원일
듯한 젊은 계산원이 지인들과, 그러니까 가까이 서 있
는 두 명의 젊은 여자와 웃어 댄다. 줄 선 고객들이 눈에
보일 정도로 못마땅해함. 그 계산원이 우리에게는 눈곱
만큼도 신경 쓰지 않음이 확연하고, 그 여자는 그저 상
품들을 찍고, 이상, 이걸로 끝. 사람들은 그러한 폭로에
대해 그 여자를 원망한다.

　전철 안에서, 젊은 남녀가 마치 그들 주위에 아무도

없다는 듯 격렬하게 이야기를 주고받다가 껴안기를 번
갈아 한다. 하지만 그건 사실이 아니다. 때때로 두 사람
은 도전적으로 승객들을 바라본다. 소름 돋는 느낌. 문
학이 내게는 그런 거라는 생각이 든다.

1990

50대에 가까워 보이는 부부가 금요일 저녁에 일주일 치 고기를 구입한다. 남편 혹은 아내가 교대로 주문을 줄줄이 읊는다. 돼지 등갈비, 사태, 뼈 붙은 걸로? 물론 ─ 가끔 서로 의견을 물어 가면서, 〈치폴라타 살까?〉. 고깃간 주인과 조수는 그 부부와 농담을 주고받는다. 구입한 물품이 늘어 갈수록 흥분도 올라간다. 「영계보다 더 작은 뿔닭을 넣어 드렸어요. 괜찮죠?」「괜찮고말고요. 두 놈을 나란히 같이 놔둘 텐데, 먼저 잡아먹는 놈이 장땡이겠지, 뭐!」 남자가 다른 손님들을 돌아보며 웃는다. 그러한 장면의 외설스러움. 부부의 즐거움이 그들의 경제적 능력의 과시에서 오는지, 혹은 〈잘 먹고 삶을 즐기는 사람〉의 면모, 즉 그들의 식욕의 과시에서 오는지 모르겠지만, 그들의 식욕은 다른 욕구, 그러니까 성적 차원의 욕구를 가리키며 어쩌면 식욕이 성욕의 자리를 차지했을 수도 있다. (서로 아무런 말도 없이, 저녁마다 거푸 죽을 때까지, 마주 보고 음식을 먹는 그들의 모습이 쉽게 상상됨.)

낭테르역에서 나오면, 이민자들을 위해 1960년대에 지은 임시 주거지에 남은 거라고는 바닥에 굴러다니는 콘크리트 평판들뿐인데, 그것들에서 그곳이 집터였음이 드러난다. 20년 동안 사람들이, 아이들이 그곳에서 살았다. 기차에서 보면 아이들이 진흙탕에서 놀고 있는 모습이 보였다. RER A선을 타고 다니는 1990년대의 승객들은, 무덤의 평석을 닮은 콘크리트 평판들과 그 사이사이로 아직도 풀이 제대로 자라나지 못하는 풍경의 의미를 모두 알지는 못한다.

자그마하고 적갈색 곱슬머리인 〈작가〉는 보부르[36] 근처 서점의 지하 저장고 벽에 기대어 서 있다. 옆에 있던

36 퐁피두 센터.

편집자가 작가를 소개하며 그녀의 용기를 언급한다. 이번에는 작가가 발언하는데, 보라색 숄을 두르고 팔뚝에 팔찌를 차고 가느다란 손가락에는 반지를 꼈다. 아주 감수성이 예민한 여성.「글을 쓴다는 것, 그것은 실추를 선택하는 것입니다.」그녀가 철저한 사회적 고독의 제물인 저주받은 작가를 한참을 연기해 가며 말한다. 손에 로컬 포도주를 따른 잔을 들고 그녀 주위로 반원을 그리며 둘러선 사람들은 심각한 얼굴로 끄덕인다. 당연히 그 어떤 동정도 없는 것이, 그 철저한 고독은 고독이 아님을 ─ 현실의 고독은 그려 낼 말이 없으며, 선택되는 것이 아니다 ─ 그리고 자신들 역시 〈실추〉할 수 있으면, 다시 말해 글을 쓸 수 있으면 좋겠음을 잘 알고 있기에. 작가 역시 그것을, 사람들이 자신을 부러워함을 안다. 사람들의 뇌리 저 안쪽에서 진실은 작동한다.

1991

생페르가, 2월의 쌀쌀한 저녁. 사비아 로자 속옷 전문점. 색색깔의 사탕, 인도양의 일출, 클로드 모네의 정원에 핀 꽃들, 그러한 색조로 물든 채 여기저기 놓인 실크 속옷들. 관능성은 아예 없거나 어렴풋이 감돌고, 오로지 아름다움, 섬세함, 가벼움뿐(여행 가방 하나에 상점 물건들이 몽땅 다 들어갈 정도). 이런 생각이 들었다. 〈이런 것들을 소유하기 위해 몸을 판다는 게 이해가 가네.〉 (전문 용어들, 그러니까 브래지어, 팬티 등등을 입에 올릴 수 없다.) 자신의 몸에 이러한 아름다움을 약간이나마 걸치기를 욕망하는 것은 맑은 공기를 마시기를 원하는 것만큼이나 정당하다. 살갗에서 떨어져 나와 있는 〈속옷들〉, 그 속옷들이 떠올리게 하는 여자는 완벽하다. 이곳에 전시되어 있지만, 팔리고 나면 주인이 속옷을 고르며 염두에 뒀던 남자 말고는 그 누구도 볼 수 없는 속옷들. 하찮다기보다는 성스러운 사물들. 남자들도 실크 속옷을 몸에 걸쳐서, 그것의 부드러움과 섬세함을 우리가 발견하고 손으로 만져 보며 쾌락을 누릴 수 있도록 해야 하리라.

소르본 대학 도서관의 정문 유리창에 걸린 팻말에, 〈10월 1일까지 계단 B의 3층을 통해 도서관 출입을 합니다〉라는 안내문이 적혀 있다. 다시 중정으로 나가서 안내문에 적힌 그 계단을 올라가야 한다. 3층에 도착해 연달아 나오는 무겁고 뻑뻑한 작은 문 두 개를 통과하면, 양옆에 책들이 뻑뻑하게 꽂힌 서가가 천장까지 들어찬 통로로 들어선다. 테이블이 하나 놓여 있고, 그곳에 앉아 있는 여자가 출입증을 확인하고 좌석 번호와 함께 녹색의 대출 신청서를 한 장 준다. 화살표가 열람실을 가리킨다. 도서 색인실을 지나 여러 번 갈라지고 꺾이는 통로들을 계속 나아간다. 벽마다 철망 문 뒤에 갇힌 책들로 도배가 되어 있다. 책마다 똑같이 뭐라 형언할 수 없는 색깔의 표지가 달렸고, 제목은 어쩌면 아주 가까이 다가간다면 모를까, 해독하기가 불가능했다. 오래되고 먼지가 잔뜩 앉은 단 한 권의 책 앞을 지나가는 느낌. 끝에 있는 열람실은 침묵에 잠겨 있었다. 나는 녹색의 관외 대출 신청서를 작성했다. 빌린 책은 단 한 권, 나머지 두 권 앞에는 〈대출 불가〉라고 적혀 있었다. 나는 철망 문이 달린 서가가 있는 통로를 다시 지나갔다. 60년 뒤에는, 내가 보고 사랑하고 즐겼던 것에서, 어쩌면 박사 논문을 위해서나 들여다볼 인쇄물 더미만 남을지도 모르겠다.

일요일 아침, RTL 방송의 「스톱 우 앙코르」[37] 시간. 틀어 주는 가요에 대해 찬반 투표를 제안하고 상당한 액수의 상금을 벌 수 있다는 희망을 주면서 수많은 사람의 청취를 독려하는, 엄청나게 유행하는 방식에 따라서 진행되는 프로그램이다. 찬반 투표라는 행위와 상금 획득이라는 행위 사이에 직접적 관계는 전혀 없다. 사

---

37 Stop ou encore.

실, 다섯 개의 곡이 나가고 나면 진행자는 매번 전화번호부를 펴고 걸리는 대로 아무에게나 전화를 걸어 판돈, 〈돈 가방〉 속 돈의 액수를 정확하게 말해 달라고 요청한다. 따라서 잘 듣고 그 액수를 기억해 두면 그 돈을 내 호주머니에 넣을 수 있다.

진행자가 〈가방〉 안에 27,219프랑이 들어 있다고 장중한 목소리로 알린다. 그러고는 〈집중하세요, 청취자 한 분에게 전화를 걸겠습니다……〉. 신호가 가고 전화를 받는 소리가 들린다. 기어들어 가는 아주 작은 목소리. 「여보세요, 누구세요?」「RTL 방송국의 쥘리앵 르페르입니다. 르페브르 부인이신가요?」「아니요, 제레미인데…….」진행자가 권위 있는 목소리로 〈아빠나 엄마 모셔 올 수 있지?〉, 〈아빠는 정원에 있고, 엄마는 바빠요. 어디 있는지 몰라……〉. 진행자가 물러서지 않는다. 「하지만 엄마, 아빠한테 가서 전화가 왔다고 말씀드릴 수는 있지?」아이는 망설이다가 결심한 듯하다. 침묵. 진행자는 초조해하면서, 다음번에 들려줄 곡들, 움베르토 토치의 노래들을 나열한다. 갑자기 들리는 여자 목소리. 「여보세요!」진행자의 쾌활한 목소리. 「르페브르 부인? 쥘리앵 르페르입니다. RTL 방송국, 〈돈 가방〉이요!」여자가 소리를 지른다. 「아! 이런…….」

「RTL을 듣지 않으셨군요.」

「매주 들어요.」

「오늘 아침에는 듣지 않으셨네요.」

「네, 하지만 토요일, 일요일에 늘 듣는데!」

「오늘 아침은 못 들으셨고요.」

「그게, 글쎄, 어제저녁에 손님들이 왔었고, 그리고……
어린 아들이 있는데, 걔가…….」

「유감입니다.」

여자는 자신의 실수를 용서받고 싶어 한다. 이루어졌
나 싶자마자 곧바로 빼앗기는 꿈들이 그리도 많음.

「RTL을 듣겠다고 약속하시는 거죠?」

「오! 그럼요, 약속해요!」

통화가 중단된다. 진행자는 다음 노래의 제목과 액수
를 맞히는 데 실패할 때마다 불어나는 〈돈 가방〉 속의
새로운 상금 액수를 알려 준다.

샤를 드골 에투알역에서 30대로 보이는 남자가 타더

니 접이식 간이 의자에 앉는다. 회색 바지와 상의라는 특별할 것 전혀 없는 차림에 농구화만 예외인데 ─ 튄다 해도 정말 아주 조금. 갑자기 그가 몸을 숙이더니 바짓가랑이를 무릎까지 걷는다. 하얀 살갗과 털이 보인다. 그가 두 손으로 양말을 잡아당긴 뒤 양말을 쫙쫙 펴고 바짓가랑이를 다시 내린다. 다른 쪽도 똑같이 한다.

그러고 나더니, 일어서서 전철 내벽에 기대어 옷섶을 헤치고 티셔츠를 들어 올린다. 자기 배를 오래 들여다보다가 다시 티셔츠를 내린다. 분명히, 그 행위에 도발은 전혀 없고, 그저 군중 속에서 느끼는 고독 ─ 진짜 고독 ─ 의 극단적 표현이 있을 뿐. 그 사람 옆에 비닐봉지가, 노숙인들이 으레 들고 다니는 그 물건이 놓여 있다. 더는 주거지도 없고 직장까지 잃은 경우, 자연스러운 행위이나 우리 문화에서는 밖에서 하는 것이 적절하지 못한 행위들을 언제부터 타인의 시선에 구애받지 않고 하게 되는 걸까. 아이였을 적에 학교에서, 식구끼리 둘러앉은 식탁에서 익힌, 저녁에 잠이 들면 미래가 커다란 꿈이었던 시절 익힌 〈예의범절〉에 대한 무관심은 무엇에서부터 시작될까. 그는 오베르에서 내렸다.

〈바젤 미술관에는 ……의 그림이 있습니다.〉 (바젤 대신에 암스테르담, 피렌체 등등이 들어가도 된다.) 비개성적이고 대수롭지 않고 종종 듣거나 읽게 되는 문장의 서두이지만, 즉각 어떤 세계에 속한다는 의미를 띤다. 그 세계에서는 물론 사람들이 회화에 익숙하며, 또한 그 세계에서는 개방적이고 식견을 키우는 여행을 자주 다니고, 그림이 삶과 기억에서 중요한 것일 정도로 충분히 생활의 무게가 가벼운 삶을 영위한다. 토요일에 온 가족이 다 함께 장을 보고 8월 휴가철에 팔라바스[38]에서 캠핑하는 것과는 대척점에 있는 생활.

맨 처음에는, 아브르코마르탱역 출구를 향해 에스컬레이터를 올라가는 동안 허리 혹은 등을 따라 달리는 찰나의 느낌, 스침. 바로 내 뒤에 누군가가 있다. 에스컬레이터 끝에 거의 다 왔을 때는 정확하지는 않다 하더라도 훨씬 강한 느낌. 가로 메고 있던 가방을 앞으로 돌린다. 벌어져 있다. 지퍼가 열렸고 덮개가 들렸다. 하지

---

38 프랑스 남동쪽 에로주에 자리한 유명한 휴양지 마을.

만 없어진 건 하나도 없었다. 나는 화가 나서 돌아본다. 외투 차림의 젊은 남자애로, 차분하게 담배를 피운다. 내가 소리 지른다. 「어디, 할 말 있으면 해보시든가, 어려워 말고.」 그가 미소를 띠며 말한다. 「미안합니다, 부인.」 에스컬레이터 꼭대기에 다다르자 나와 반대 방향으로 유유히 멀어져 간다.

오스만 대로를 걷다가 백화점 프랭탕 매장을 누벼 봐도, 혼란스러워서 한창 유행하는 전시된 물품에 나의 관심과 나의 욕망이 집중되질 않는다. 아주 흔한 소매치기 각본에 등장하도록, 특정 순간에 가방을 든 모든 여자 중 나도 모르는 새 내가 선택됐기에 느끼는 불편함. 그 젊은 남자의 무심한 태도와 차분한 사과의 말에 의해 더욱더 생생해진, 더도 덜도 아닌 그저 막연한 모욕감. 그의 사과에는 자신의 소매치기 행위는 위험을 감수하면서 일정한 시도 끝에 돈을 따거나, 잃는다고 해도 ─ 그 비율은 그만이 말할 수 있을 테다 ─ 정정당당한 승부여야 하는 그런 도박이라는 의미가 담겨 있다. 그토록 대단한 숙련도, 빼어난 솜씨, 욕망이 목표로 삼는 것이 나의 몸뚱어리가 아니라 내 손가방이어서도 더더욱 모욕적인 느낌.

1992

오늘 저녁, 레 알에서, RER의 문이 막 닫히려는 순간 거지 둘이 요란하게 올라탔고, 서로 마주 보고 앉았다. 둘 다 누더기에 머리카락은 덥수룩. 서른에서 마흔 사이로 보이는 젊은 쪽이 바닥에 빈 술병을 내려놓고 『리베라시옹』지[39]를 펼친다. 쉰 어름의, 어쩌면 그보다 나이가 덜할 수도 있겠는데, 또 다른 거지가 「라 마르세예즈」[40]를 크게 부른다. 그는 구지레한 천 쪼가리에 가래침을 뱉고 말한다. 「군대, 그런 건 별거 아니야. 난 방금 가래침을 뱉었는데, 군대에서도 그런 건 못 하거든.」 그러고는 동행자와 대화를 해보려고 던지는 말. 「넌 왜 호

---

39 *Libération*. 사르트르 등의 주도하에 1973년에 창간된 좌파 성향의 일간지.

40 La Marseillaise. 대혁명 당시 혁명가였다가 국가로 채택되었다.

모처럼 보이지?」진부한, 친근한 어조로 말해진 그 모욕에 대꾸하지 않고 상대방이 외치는 말. 「세르비아인들이 있군! 크로아티아인들도 있어! 다행히도 신문이라는 것이 존재해. 안 그러면 난 바보가 되겠지.」그가 『리베라시옹』을 흔들어 댄다. 「봤지, 가봉에 가는 사람들이 있는데, 우리는 고작 사르트루빌[41]에 간다고.」잠시 침묵. 「그건 너무 불공평해.」메아리처럼 따라 하는 나이든 쪽. 「그건 너무 불공평해.」그러다가 〈알 속으로 돌아가면 좋겠어. 거기에서 좋았는데〉.

『리베』독자가 계속해서 〈그건 너무 불공평해〉를 되뇌다가 이 상상의 주제로 관심을 옮겨 간다. 「머리 쪽에 껍질이 있었어?」

「아니, 부드러운 피부가 있었지. 난 산과 의사가 아니지만 어쨌든 이것저것 안다고!」

「나 같으면 거기서 나오고 싶지 않겠다! 엄청나게 따뜻한 불법 점유지 아니야!」

「내가 하도 나오고 싶어 하지 않으니까, 의사가 어머니에게 제왕 절개를 했어.」

41 RER A선이 정차하는 역 중 하나로, 파리 외곽 북부에 있는 이블린주의 도시.

「당시 제왕 절개면, 절단기로 했겠네.」

「어머니가 고통스러워했지. 그래서 나를 절대로 인정하지 않았어.」

「나도 그래.」

두 목소리가 스무 명가량 되는 열차 승객들 들으라고, 한탄의 어조와 난폭한 어조를 뒤섞어 가며 여봐란듯이 서로 주거니 받거니 한다. 연극과는 다르게, 이 장면의 관객들은 배우들을 바라보기를 회피하며 마치 아무 소리도 들리지 않는 것처럼 행동한다. 볼거리로 제공되는 삶이 거북해서지, 삶을 볼거리로 제공하는 게 거북해서는 아니다.

두 남자는 사르트루빌에서 내린다. 그들이 남겨 놓은 병이 좌석들 사이로 굴러다닌다.

TGV 안. 이전 역에서 정차한 뒤로 졸았다. (저녁 8시경, 앙굴렘이었는데, 인적 없는 플랫폼 — 조명이 시원치 않은 역사 입구에 개를 데리고서 전광판을 들여다보는 남자 ― 모두 잠이 든 어떤 도시에 정차한 밤 기차의 느낌.) 창가의 커튼을 젖힌다. 마무트[42]라고 적힌 번쩍이는 거대한 광고판, 조금 더 가니 미아미(클럽일까, 아니면 쇼핑몰?)라고 적힌 광고판. 파리 근교임을 알리는 신호들을 알아보자 강렬한 만족감이 솟구치며 퍼져 나간다. 고속 도로 A15를 타고 젠빌리에 고가 다리에 도착하여, 단박에 라 데팡스와 파리를 성벽처럼 배경 삼아 공장과 건물과 전전(戰前)에 지어진 빌라 들이 어우러진 거대한 풍경이 펼쳐질 때면 느끼는 바로 그 감정.

튼튼하고 기다란 다리에 두툼한 입술을 지닌 젊은 남자가 중앙 통로 쪽 의자에 앉아 있다. 옆 좌석의 여자는 두세 살가량의 어린 사내아이를 무릎에 앉혔는데, 아이가 놀라서 말문이 막힌 듯 주위를 두리번거리다가 묻는 말, 〈저 아저씨는 문을 어떻게 닫아요〉. 아마도 아이가 RER를 처음 타본 모양이다. 둘 다, 그러니까 젊은 남자와 아이는 나를 내 삶의 어느 순간들로 데려간다. 대입 자격시험이 있던 해 5월에, 키가 크고 입술이 두툼한

42 하이퍼마켓.

D.가 우체국 근처에서 수업을 듣고 나오는 나를 기다리던 때로. 그보다 나중에, 내 아들들이 어렸고 세상을 발견하던 시기로.

어떤 때는, 슈퍼마켓의 계산대에 줄 서 기다리는 여자에게서 어머니의 말과 몸짓을 다시 만났다. 그러니까 바로 바깥에, 전철이나 RER의 승객들과 갈르리 라파예트[43]나 오샹[44]의 에스컬레이터에 오른 사람들 안에 나의 지나온 삶이 침잠되어 있다. 자신들이 내 역사의 일부를 보유하고 있다는 의심조차 않는 무명의 사람들, 내가 결코 다시 보게 되지 못할 얼굴들, 육체들 안에. 아마도 거리와 상점의 군중에 섞여 든 나 역시 타인의 삶을 지니고 있으리라.

43 유명 백화점.
44 대형 슈퍼마켓.

옮긴이의 말

타자, 또 다른 나

에르노는 1993년에 『바깥 일기 *Journal du dehors*』를, 그로부터 8년의 시간이 흐른 뒤인 2000년에 『밖의 삶 *La Vie extérieure*』을 발표한다. 두 작품은 별개로 존재하나 그 뿌리는 하나로서, 형식과 기획 의도를 공유한다. 우선, 두 작품 모두 일기 형식을 빌리고 있다. 『바깥 일기』는 1985년부터 1992년 사이에 작성한 일기들을 간추린 작품이고, 『밖의 삶』에 실린 일기들은 그 뒤를 이어 1993년부터 1999년 사이에 쓰인 것들이다. 흥미롭게도, 흔히 일기라고 하면 떠올리기 마련인 내면 일기와는 거리가 멀다. 문학 실천에서 작동하는 기존의 그어떤 권위도 당연시하지 않는 작가답게, 에르노는 2세기 전에 탄생한 뒤 일기라는 장르의 주류 형식이 된 내면 일기가 왜 계속 확고한 위치를 누려야 하는지 물으

119

며 내면 일기를 비튼다. 그렇게 외면 일기와 에트노텍스트 사이의 경계에 자리한 글들이 태어났다. 거기에서 작가의 눈은 자기 안의 심연이 아닌 바깥세상을 바라보고 작가의 귀는 내면의 목소리가 아닌 타인의 목소리를 향해 활짝 열린다.

이처럼 독특한 유형의 글들을 세상에 내놓은 이유가 무엇일까? 에르노는 『바깥 일기』가 출간된 지 3년이 지난 시점에 뒤늦게 덧붙인 서문에서 그 궁금증에 대한 답을 내놓는다. 〈집단의 일상을 포착한 수많은 스냅 사진을 통해 한 시대의 현실〉에 가닿고 싶었노라고. 작가는 사진처럼 객관적인 자신의 기록을 통해 실재가 고유의 〈불투명성과 수수께끼〉를 품은 채 그저 거기 있기를 바랐다지만, 우리 모두 사진의 객관성 뒤에서 무엇을 어떻게 기록할 것인가를 결정하는 작가의 주체적 시선이, 에르노의 말을 빌리자면 〈작가의 무의식적 강박과 기억〉에 의해 추동되는 고유의 시선이 작동할 수밖에 없음을 안다. 작가 역시 작품을 마치고 나서, 기획 의도와는 다르게 끼어듦을 자제하지 못했다고 실패를 자인한다. 독자의 입장에서는 반가운 실패인 것이, 때로는 웃지 않을 수 없게 엉뚱하고 때로는 감당이 안 되게 솔직하며 때로는 아플 정도로 예리한 작가의 목소리가 더해지면서, 작품에 생동감과 풍성함이 더해지는 효과가 생겨났다.

다수의 사회적-자전적[1] 작품과 인터뷰 등을 통해 알려졌다시피, 에르노는 반농반상 출신의 부모 밑에서 태어났으나 어머니의 교육열과 본인의 지적 노력 덕분에 계급 상승을 이룬 경우이다. 교육 시스템이 제공하는 사회화 과정을 거치면서 계급에 따른 문화 자본의 차이가 어떻게 사회적 지배 관계의 재생산에 작용하는지 뼛속 깊이 체험했던 에르노는, 떠나온 계급과 새로이 진입하게 된 계급 사이에서 찢김과 모색의 시간을 보낸 뒤, 자신의 사회적 위치에 대한 객관적 분석에 이르게 되고, 그 결과 자신을 상향 계급 이탈자 혹은 계급 종단자라고 거침없이 규정한다. 그런 만큼, 일기에서 에르노의 시선은 자연스럽게 자신이 떠나왔던 피지배 계급

---

1 에르노는 〈자기 반영의 문학, 나는 그 개념을 이해하지 못하고 그런 생각은 거의 고통을 자아낸다〉라고 말할 정도로, 자신의 사적 체험이 문학적으로 말할 만한 가치가 있다면 그것은 사적 체험의 유일무이성 때문이 아니라 상대성과 집단성 때문이라고 강변한다. 그런 만큼, 굳이 〈자전적〉이라는 꼬리표를 달고 싶다면 그 앞에 〈사회적〉이라는 또 다른 개념어를 나란히 적기를 요구한 작가의 의견을 존중했다.

으로 향하고, 그들의 고단한 노동 위에서 욕망과 소비를 부추기며 냉혹하게 돌아가는 현대 자본주의 사회의 메커니즘을 발가벗겨 놓고, 사회 도처에서 눈에 보이지 않게 작동하는 힘의 관계를 뚫어 본다. 거기에다가, 『밖의 삶』에서는, 갈수록 맹위를 떨치는 신자유주의와 우경화되어 가는 프랑스 사회에 대한 우려 및 발칸 전쟁으로 목숨을 잃은 수많은 민간인과 관련한 무익한 분노가 더해진다.

한 시대를 증언하는 에르노의 기록물에는 다양한 내용이 담겨 있다. 작가는 담벼락에 적힌 그라피티, 낙서, 그림 등 생산자가 누구인지 알 수 없는 익명의 표현물을 고스란히 옮겨 오거나 한 시대의 정신적 풍속도를 보여 주고 싶은 듯 공익 광고나 방송물의 지면 중계를 시도하기도 한다. 또한 두 작품의 진정한 주인공은 노숙인인가 싶을 정도로 노숙인에 얽힌 풍부한 일화가 등장하여, 사회의 끄트머리에 위태하게 서 있거나 이미 그 경계 밖으로 밀려난 약자들에 대한 작가의 지칠 줄 모르는 관심을 엿보게 한다. 지배 계급의 다양한 모습역시 공존한다. 계급 이탈자로서 상징적 폭력을 직접 겪었음을 고백하기도 했던 작가는 눈에 띄지 않게 은밀히 작동하는 힘의 관계를 지하철, 쇼핑몰, 슈퍼마켓 등 일상의 공간에서도 여지없이 간파하고, 지배 계급의 힘의 원천은 바로 그러한 〈비가시성〉에 있다고 폭로한다. 그리하여 독자는 서민이 토로하는 삶의 고됨에 빈말의 성찬으로 응답하는 정치꾼들을, 구지레한 일상을 줄줄 흘리고 다니는 서민 모녀를 조롱기 감도는 옅은 미소로 지켜보는 단정한 부르주아 모자를, 다양성과 관용을 머리로만 아는 미래의 기득권자 대학생들을 만나게 된다.

재미있는 점은, 에르노가 자신이 속한 작가 집단 역시 그 기득권 세력에 집어넣는다는 것이다. 에르노는 늘 그러듯이 외면 일기에서조차 지금 이 시대에 글쓰기와 작가의 의미가 무엇일지에 대해 줄곧 묻는데, 그와 동시에 꾸준히 이런저런 작가들의 초상을 그리는 일을 게을리하지 않는다. 그런데 그러한 초상들을 모아 보면 재미있게도 문화 권력을 누리며 특권 의식과 허위의식이 밴 작가 집단의 면모가 드러난다. 그들이 후광처럼 둘러쓴 작가의 고독과 창작의 고뇌를 〈현실의 고독은 언어를 넘어선다〉라는 에르노의 한마디가 대번에 어리광으로 만들어 버리는데, 그러한 지적이 내부자의 입에서 나온 만큼, 그 무심한 듯 무덤덤한 어조의 파괴력은 더욱 배가된다.

작가는 두 권의 일기를 통해 수많은 초상을 완성하지만, 그 가운데서도 가장 빼어난 것은 아마도 두 손이 화학 약품으로 망가진 아프리카인 노동자의 초상이지 않을까. 몸체와 분리되어 따로 살아 낙지처럼 꿈틀거리는 두 손에 대한 묘사는 극사실적으로 생생하여, 그 글을 읽는 사람은 갑자기 두 손이 스멀스멀하기 시작한다. 『바깥 일기』의 앞부분에 등장한 이 노동자의 망가진 두 손이 불러낸 듯, 후반부에 가면 반지를 낀 가느다란 작가의 손가락에 대한 묘사가 독자를 기다린다. 그 묘사와 더불어, 〈지성인이라는 것, 그것은 또한 노동으로 성이 나거나 망가진 두 손을 떼어 내버리고 싶은 욕구를 겪어 본 적이 결코 없음〉이라던 지성인에 대한 도발적 정의가 머릿속으로 되돌아온다. 타인의 노동에 대한 겸허한 존중의 마음가짐이 없었어도 두 손이 빚어내는 극명한 대조가 눈에 들어왔을까라는 호기심과 함께.

에르노는 타인의 존재와 타인의 삶을 고스란히 기록하기 위해 시작한 글쓰기 여정을 〈우리의 진정한 자아는 오롯이 우리 안에 있지 않다〉라는 루소의 글귀로 열었다. 그리고 그 여정을 타인 안에 나의 지나온 삶이 침

잠해 있고 나 역시 타인의 삶을 품고 있더라는 고백으로 끝마친다. 제사로 빌려 쓴 루소의 글귀에 대한 작가 나름의 화답이 아닐까.

이제, 옮긴이의 글이니만큼, 에르노의 작품을 먼저 읽은 독자의 입장이 아닌 번역가의 입장에서 몇 가지 이야기를 독자와 나누려고 한다.

작가의 이름을 가리고 읽어도 에르노의 글임을 모를 수 없을 정도로, 에르노는 특유의 문체를 확립한 작가이다. 이 문체를 정립하기까지의 과정은, 지배 계급의 언어가 지배하는 프랑스 문단에서 에르노가 계급 전향자로서 자신의 작가적 정체성을 확립해 나가는 과정과 정확히 일치한다.

학교 교육의 시작과 더불어 어린 에르노는 사투리와 문법적 오류가 허용되는 모어(母語)를, 이미 자신 안에 자리 잡은 부모의 언어를 억지로 뽑아내고 그 자리에 학교 교육이 요구하는 타자의 언어, 지배 계급의 언어를 이식해야만 했다. 여러 작품에서 종종 언급되는 이러한 폭압적 경험은, 피지배 계급의 자녀에게는 가난만이 아니라 언어적 소외까지도 대물림된다는 뼈저린 깨달음을 동반한다. 그렇게 어려서 겪어 냈던 언어적 정체성의 혼란은 에르노가 〈자신과 같은 부류의 한풀이를 하겠다〉[2]라며 작가의 길에 들어서면서 되살아난다. 계급 전향자로서의 자신의 현실을 담아내기에는 제도권 교육이 손에 쥐여 준 부르주아의 언어는 겉돌기만 하고, 그렇다고 이미 상실해 버린 모어를 되찾아 올 수도 없는 난감한 상황에 놓이게 된 셈이다.

그 돌파구로 에르노는 누보로망이 보여 줬던 문학적 가능성을 밀고 나가, 제도권 문학의 언어로 자리 잡은 부르주아의 언어를 난폭하게 해체하는 글쓰기를 만들어 내게 된다. 『그들의 말 혹은 침묵 *Ce qu'ils disent ou rien*』같은 에르노의 초기 소설에서 만나게 되는, 작가 스스로 〈폭력의 글쓰기〉라고 부르는 바로 그 문체이다. 그 뒤 아버지의 죽음을 겪고 아버지에 관한 이야기를 하고 싶다는 욕망을 품게 되면서, 독자가 문학적 훈련 없이는 접근하기 힘든 〈폭력의 글쓰기〉에서 벗어나, 평생 지배 계급의 언어에서 소외당했던 부모를 위해 그들의 목소리를 담아낼 수 있는 언어를 찾아 나선다. 작가는 저학력의 부모에게 소식을 전할 때 사용했던 사실

2 이 말은 노벨상 수락 연설에서도 다시 한번 등장한다.

기술 위주의 건조한 글쓰기에 착안하여, 스스로 〈밋밋한 글쓰기écriture plate〉로 명명한 글쓰기를 『자리*La Place*』에서 처음으로 시도하게 되는데, 〈밋밋한 글쓰기〉는 그 뒤로 우리가 알고 있는 에르노의 문체로 자리잡게 된다. 자신의 언어를 찾아내기 위한 작가의 부단한 분투는 한마디로, 에르노는 무엇을 쓸 것인가만큼이나, 아니 어쩌면 그보다 더, 어떻게 쓸 것인가가 중요한 작가임을 보여 준다. 번역가가 한국 독자의 독서 편의성을 고려한다는 핑계로 그의 문체를 뭉개 버릴 수 없는 이유이다.

에르노에게서 문체는 문학적으로 아름다운 문장에 대한 고뇌와 무관하다. 오히려 피지배 계급에서 지배 계급으로 이동한 자신의 현실과 자기 부류의 목소리를 담아낼 수 있는 언어를 모색하는 과정에서 벼려 낸 무기인 셈이다. 그런 만큼, 이번 번역에서도 역시, 내 손을 거쳐 갔던 에르노의 여타 작품들을 번역할 때와 마찬가지로 문체 번역에 정성을 쏟았다.

문체 번역의 관건이 될 〈밋밋한 글쓰기〉는 구체적으로 문장에서 어떻게 구현되었을까? 에르노가 만들어 내는 문장들의 특징 중 하나는 〈-음〉, 〈-하기〉 등으로 끝나는 부정법 표현이나 명사구가, 주어와 동사를 제대로 갖춘 전통적 문장 구조를 자유분방하게 대체한다는 점이다. 에르노는 사적 체험에 보편성을 부여하려는 의도가 그러한 주어의 제거에 들어 있음을 숨기지 않는다. 번역가 역시 작가의 의도를 존중하여, 반듯한 문장에 익숙한 독자라면 질색할 〈음슴체〉를 기꺼이 활용했다.

에르노의 문장에서는 정련된 느낌을 넘어서 거의 금욕적 느낌이 난다. 끊임없이 덜어 내는 작업으로 점철된 글쓰기의 시간과 그 흔적이 담긴 초고의 존재가 보여 주듯이, 아마도 작가가 적확한 수식어들을 더해 나가는 방식이 아니라 불필요한 요소들을 깎고 또 깎아 내는 방식으로 현실을 포획하기 때문이리라. 이런 과정을 거쳐서 고갱이만 남은 문장들은 단단한 차돌멩이처럼 손쉬운 침입을 허용하지 않는다. 분명 평이한 어휘로 구성된 짤막한 문장들인데 쉽사리 그 의미를 내주지 않는 완고함에 당황스러웠던 경험이 있다면, 아마도 그런 까닭에서이리라.

예를 들어, 에르노는 전철역 통로에서 적선을 베풀라는 요구도 없이 그저 자신의 성기를 드러낸 채 가만히

서 있는 남자의 모습을 〈존엄의 애통한 형식〉이라고 단 세 마디로 표현한다. 간명하나 켜켜이 녹아 있는 의미의 무게로 묵직한 말이다. 노출증으로 해석될 그 광경에서 작가의 투시력은 무엇을 보았을까? 누구라도 노숙인으로 전락하는 순간, 마치 가난에 생물학적 성마저 빼앗긴 듯이 남자도 여자도 아닌 무성의 존재로, 그러니까 비-인간으로 전락하는 노숙인의 현실이 보인다. 그 현실에 마음이 가닿는 순간, 남성성의 직접적 표출은 자신은 여전히 남자임을 주장하며 인간의 존엄을 지켜 내려는 절망적 저항의 몸짓으로 다가온다. 에르노를 따라서, 사회적, 경제적 불평등의 구조적 모순 뒤에 인간이 있음에 주목하면 가난의 문제는 인간 소외의 문제로 확장된다. 그 담백한 문장에 이렇게나 많은 의미가 압축되어 있다.

에르노의 건조한 문장들을 읽으면서 단어 사이에, 문장과 문장 사이에 자리한 침묵과 여백을 채우는 일은 독자의 몫이다. 달리 말하면, 〈읽어 치우는〉 독서가 아닌 〈느긋한〉 독서가 필요하다. 번역가 역시 느긋한 독서의 즐거움을 해치지 않기 위해 더하기가 아닌 빼기의 작업에 충실했다.

끝으로, 번역에 정치적 올바름을 기계적으로 적용하지 않았음을 밝혀 둔다. 정치적 올바름에 대한 사회적 합의가 이루어지기 이전에 생산된 이 글에서 작가의 어휘 사용이 거침이 없어서이기도 하지만, 작가 및 시대의 한계나 문제의 어휘가 작품에서 담당하는 문학적 효과 등에 대한 분석 없이, 맹목적으로 적용되는 정치적 올바름은 전제적 검열의 다른 이름일 뿐이어서이기도 했다. 한 시대의 현실을 그 밝음과 어두움까지 모두 담아내는 문학 텍스트는 어휘 퇴출로 표출되는 편협한 방식의 정치적 올바름과는 태생적으로 양립할 수 없다. 문학은 오히려 정치적 올바름이 요청되는 어두운 현실을 가감 없이 보여 주는 방식으로 정치적 올바름을 실천한다.

〈음슴체〉로 옮긴이의 말을 마무리 짓는 작은 일탈을 저질러 본다. 〈에르노는 자신의 글쓰기가 사회적 현실의 단면을 저며 내는 칼이 되기를 바랐음.〉

2023년 여름 끝자락에
정혜용

옮긴이 **정혜용** 서울대학교 불어불문학과와 동 대학원을 졸업하고 파리3대학 통번역 대학원(ESIT)에서 번역학 박사 학위를 받았다. 현재 번역 출판 기획 네트워크 〈사이에〉 위원으로 활동 중이다. 지은 책으로 『번역 논쟁』이 있고, 옮긴 책으로 아니 에르노의 『한 여자』, 『집착』, 『카사노바 호텔』, 『그들의 말 혹은 침묵』, 조나탕 베르베르의 『심령들이 잠들지 않는 그곳에서』, 마일리스 드 케랑갈의 『살아 있는 자를 수선하기』, 『식탁의 길』, 레몽 크노의 『연푸른 꽃』, 『지하철 소녀 쟈지』, 마리즈 콩데의 『세구: 흙의 장벽』 전2권, 『나, 티투바, 세일럼의 검은 마녀』, 『울고 웃는 마음』, 바네사 스프링고라의 『동의』, 발레리 라르보의 『성 히에로니무스의 가호 아래』, 앙드레 고르스의 『에콜로지카』, 에두아르 루이의 『에디의 끝』, 쥘리마로의 『파란색은 따뜻하다』 등이 있다.

바깥 일기

발행일	2023년 9월 20일 초판 1쇄
	2023년 11월 25일 초판 3쇄

지은이	아니 에르노
옮긴이	정혜용
발행인	홍예빈 · 홍유진
발행처	주식회사 열린책들

경기도 파주시 문발로 253 파주출판도시
전화 031-955-4000 팩스 031-955-4004
www.openbooks.co.kr